U0398251

白轮船

[吉尔吉斯斯坦] 艾特玛托夫◎著
雷延中◎译

图书在版编目（CIP）数据

白轮船 /（吉尔吉斯斯坦）艾特玛托夫著；雷延中译. —上海：华东师范大学出版社，2013.5
（独角兽文库）

ISBN 978-7-5675-0443-1

Ⅰ. 白… Ⅱ. ①艾… ②雷… Ⅲ. ①中篇小说－吉尔吉斯斯坦－现代 Ⅳ. ①I512.45

中国版本图书馆CIP数据核字（2013）第049402号

白轮船

著　　者　（吉尔吉斯斯坦）艾特玛托夫
译　　者　雷延中
特约编辑　宣慧敏
项目编辑　许　静
内文设计　叶金龙
装帧设计　白咏明

出版发行　华东师范大学出版社
社　　址　上海市中山北路3663号　邮编200062
网　　址　www.ecnupress.com.cn
电　　话　021-60821666　行政传真　021-62572105
客服电话　021-62865537
门　　市　（邮购）电话　021-62869887
地　　址　上海市中山北路3663号华东师范大学校内先锋路口
网　　店　http: //hdsdcbs.tmall.com

印 刷 者　安徽新华印刷股份有限公司
开　　本　850×1168　32开
印　　张　7
字　　数　117千字
版　　次　2013年5月第1版
印　　次　2024年10月第15次
书　　号　ISBN 978-7-5675-0443-1-01/I.952
定　　价　30.00元（精装）

出 品 人　王　焰

艾特玛托夫

艾特玛托夫（1928-2008），著名的吉尔吉斯斯坦作家。他曾三次获前苏联国家文学奖、一次获列宁奖，他写的十二部中篇小说无一例外地被拍成了电影或电视剧并屡次获得国家奖。有的还被改编成歌剧、芭蕾舞剧，这在前苏联是绝无仅有的现象。主要作品有：中篇小说《查密莉雅》《草原和群山的故事》《永别了，吉利萨雷》《白轮船》和《花狗崖》，长篇小说《一日长于百年》《死刑台》和《群峰颠崩之时》等。他的每一部作品都像蜜和酒，甘甜芬芳得让你陶醉其中。他的作品已被翻译成世界127种文字，成为世界经典作品中的璀璨明珠。

有没有比你更宽阔的河流，爱耐塞？

有没有比你更亲切的土地，爱耐塞？

有没有比你更深重的苦难，爱耐塞？

有没有比你更自由的意志，爱耐塞？

没有比你更宽阔的河流，爱耐塞，

没有比你更亲切的土地，爱耐塞，

没有比你更深重的苦难，爱耐塞，

没有比你更自由的意志，爱耐塞。

——《吉尔吉斯古歌》

CONTENTS

代序

说不尽的《白轮船》

王升华

初读《白轮船》，应该是在1974年夏天，那时候我还不满20岁，正在驻内蒙古昭乌达盟巴林右旗的部队服役。时值珍宝岛战斗之后，与前苏联的关系处于紧张时期。我所在的连队正为师部修建营房，每天10多小时的苦累，加之精神的无所依托，使我身心双显疲惫。恰此时，团政治处孙干事，从别人那里得知了我的情况，把我的几本读书笔记借去读了，欣喜地约我长谈了几次。几十年后，我仍然清楚地记得那个夏夜，暗黑的天空飘着若有若无的细雨，我俩沿着师部旁边的公路，来来回回反复地走，边走边谈，当然主要是孙干事谈我听。应该说，在当时，孙干事确算个知识渊博的人，他读的书很多，也发表过不少文章。他给我谈人生，谈读书，也谈正确处理人际关系的学问，使我有振聋发聩之感。那次谈话对我的人生之路的影响是明显的，那之后，他把从师部朋友那里借来的很多苏联小说给我看，其中便有《白轮船》。初读《白轮船》，我看到的是并非概念化的阶级变异，是权力的异化，是活生生的阶级压迫和剥削，心中的悲愤情绪可想而知。

再读《白轮船》，已经是在十年后的1985年了。那时，国家已经发生了沧桑巨变，思想解放已成为潮流。大量外国文学的出版，满足了人们久已饥渴的心灵，外国文学出版社出版的一套“二十世纪外国文学丛书”便深受读者青睐。那年夏天，我逛书店的时候，一眼发现了《艾特玛托夫小说选》，其中正有给我留下深刻印象的《白轮船》，我急不可待地买下来（后来还买过他的长篇小说《一日长于百年》）。

这时的文学界，正是“伤痕和改革小说都已退潮”，“寻根文学”正盛，而对人性的关注和张扬已是暗流涌动的时候，这时候读《白轮船》，自然又有另一番感悟。

那个无名的孩子无疑是人性纯善的一极，他刚开始上学，还不谙世事，还不知道人间有那么多的邪恶，他的心灵纯洁如白纸。他热爱莫蒙爷爷，莫蒙爷爷讲给他听的长角鹿妈妈的故事深深地印在他的脑海深处。尽管他看到了姨父——阿洛斯古尔所干的罪恶，也恨他，还在梦中借助别人来惩治他，但实际上，他是毫无办法的。时间长了，他觉得阿洛斯古尔这种人本就是那样。可是，在知道他心中神圣的长角鹿母是被敬爱的爷爷杀死的时候，他心中最纯洁最美好的东西便坍塌了，破灭了，他选择了离开这个丑恶的世界，变成一条鱼去寻找另一个美好的事物——白轮船！

不消说，阿洛斯古尔是恶的一极了。特殊的环境，使他恶的本性得到淋漓尽致的发挥，他“大部分时间外出交游”，成天醉酒，清醒了就打老婆，“朝死里打，打她个头破血流”，然后，“他心里感到舒坦起来”。这样一个恶人，却主宰着小小护林所所有人的命运，所有的人都得讨好迎合他，只因为他掌管着他们的“饭碗”。善良的莫蒙爷爷在女婿骂天骂地的时候，曾难过地想，“一喝了酒，就凶得不得了。酒醒了，还是一点道理也不讲。人究竟为什么会这样呢？”莫蒙伤起心来，“你对他一片好心，他对你恶意相报。既不觉得有愧，又不肯问问良心。好像就应该这样。总认为自己有理。只要他舒服就行。周围的人都该伺候他。你不愿意，就逼着你干……他的官儿要是更大些，那又怎样呢？天啊，可别让他当大官儿……为了他自己过得自在，他能把你的命折腾掉……” 阿洛斯古尔为满足私欲，偷卖了大量国家的木材。在莫蒙第一次“胆敢不听话”，顶撞了他，丢下卡在河中石缝里的木头，去接放学后已等候很久的孙子时，阿洛斯古尔暴怒了，他要开除老丈人的工作，让他失去生活的来源。莫蒙在后妻的威逼下跳到深水里拖木头，冰得抽搐成一团时，“‘这样就对了’ 阿洛斯古尔阴险地暗笑着，‘爬过来，跪在我的脚下了。可惜我的职权还不大，要不然……’”然后又逼迫莫蒙爷爷枪杀他视为怪物的长角鹿母，用鹿肉待客——阿洛斯古尔残忍凶恶的嘴脸暴露无遗了。

阿洛斯古尔，一朵不折不扣的恶之花！尽管他手持皮鞭，生杀予夺，所作所为都是对未来和家园的毁灭，但是，作家艾特玛托夫让他没有后代，让他为此痛不欲生，让他受尽无后恐惧的折磨，让他为此疯狂，让他的占有碰到了界限。“每个人都有孩子，连那些顶不中用、顶窝囊的人都有孩子，要多少有多少……他阿洛斯古尔什么地方比别人差？他什么地方不行？是他的官儿不大？谢天谢地，他总是护林所所长，也算可以啦！”“他又是头头儿，又是整个圣塔什森林的当家人。”“……谁都瞧得起他。他比谁都强。他有高头大马，手里有鞭子，人们见了他都恭恭敬敬的……他怎么连个儿子都没有呢？没有儿子，没有后代，他算什么人啊？”作家安排了一个情节，让孩子在梦中召唤他最崇敬的英雄库鲁别克来复仇，库鲁别克用冲锋枪指着阿洛斯古尔，宣布：“因为你打死了长角鹿母，因为你劈掉了它挂摇篮的角，判你死罪！” 阿洛斯古尔趴在地上，一面爬，一面嚎哭，哀叫：“别打死我吧，我连孩子都没有呢。我在这世界上只有一个人啊。我没有儿子，也没有女儿……”而复仇者则凛然宣告：“你永远不会有孩子的。你是个又歹毒又下流的人。这里谁也不喜欢你。森林不喜欢你，每一棵树，甚至每一棵草都不喜欢你。你是法西斯！你滚吧，永远别回来，快点儿滚！”就是这样使阿洛斯古尔“绝后”的复仇中，作家和孩子一起感到痛快和心满意足。

毫无疑问，莫蒙爷爷也应该算人性至善的人。在他的身上，充满着仁爱、信义、勤劳、善良、忠厚和对大自然的热爱。但他是一个懦弱的人，他对邪恶的容忍也造成了自身的悲剧。在这样的环境下，莫蒙把孩子作为他全部理想的寄托，“他想，自己一生多灾多难，辛辛苦苦，忙忙碌碌，操了多少心，经受了多少悲痛，如今只落得眼前这个孩子，这个无依无靠的小生命”，一句话，孩子是他全部的爱。为了接上学的孩子回家，莫蒙爷爷一反常态，顶撞了要他干活的阿洛斯古尔，丢下阿洛斯古尔骑了他的马去了学校。但是，他的反抗使他的处境更恶化，“连顶窝囊的人也顶撞起人来了。好吧，你就给我爬吧，爬吧”，凶恶的阿洛斯古尔要解雇老丈人，这给了莫蒙爷爷致命的一击，正如后妻（奶奶）数落他的那样：“老糊涂，你要是不懂得怎样处人，那你至少不要吭声。你是在他的掌心里。你的工资是靠他拿的，尽管只有那么一点点儿，可是每个月都得拿。要是没有工资，你又算什么呢？那么大年纪，一点脑筋都没有……要是一个人没有工资拿，那就不算人了，那就什么也不是。”是的，生存毕竟是第一位的，况且，没有了工资，莫蒙爷爷拿什么来抚养和供给他生命的寄托——孩子的生活和上学呢，于是，他屈服了，为了保住工作，他在逼迫下向长角鹿母举起了死亡的枪口……他不知道，是他的这个举动毁灭了孩子，使孩子心中美好的长角鹿母的故事幻灭了，直接造成了孩子的死亡。之后，他将为自己造成的悲剧痛悔终生。

在生活的面前，莫蒙向强权低了头，害了孩子，也害了自己，但是，莫蒙本不是什么大英雄，而是一个草芥般的微不足道之人，在这个层面上，我们又能要求他、责怪他什么呢？

直到今天，孩子死前的发问依然在我的耳边轰响：为什么人世间会这样呢？为什么有的人歹毒，有的人善良？为什么有的人幸福，有的人不幸？为什么有的人大家都怕，有的人谁也不怕？为什么有的人有孩子，有的人没有孩子？为什么有的人就可以不发给别人工资？大概，最了不起的人就是那些拿工资最多的人。爷爷就因为拿得少，所以大家都欺侮他。唉，能有办法让爷爷也多拿些工资就好了！孩子，善良的孩子。

三读《白轮船》，已经是在二读《白轮船》的二十年之后，2005年10月里，在一部长篇小说新出版之机，作为休整，我又一次拿起了《白轮船》，而《白轮船》也又一次震撼了我。

孩子死亡的悲剧，是因为他以自己纯洁的心灵，感受到了被私欲毒化了的成人世界，于是“摒弃了他那孩子的心不能容忍的东西”，他要变成鱼，游到伊塞克湖，去寻找“白轮船”。“白轮船”在这里，代表了一种美好的东西，一种信仰！在美好的信念被严酷的现实摧毁后，孩子选择了死亡。

的确，没有了信仰，人不如死去！

阿洛斯古尔就不必说了，他是一个完全没有信仰的人，没有信仰便泯灭了人性，就变成禽兽不如的东西，他不讲亲情，没有爱情，身上有的，只有兽性。他六亲不认，打老婆，折磨岳父，坏事做尽，每天醉生梦死，作威作福……

莫蒙爷爷其实是一个恪守传统信念的人，但他是不自觉的，他善良忠厚又懦弱的性格，使他总是容忍恶棍阿洛斯古尔为非作歹，就在这容忍之中，老人把自己所恪守的精神家园一点点放弃了，因而在生存的重要关头，为了自己苦命的女儿，也为了他全部生命的寄托——外孙，违心地背弃了自己要孩子终生信奉的东西，背弃了祖先的遗训，背弃了良心和自己珍贵的信念。他在逼迫下亲手枪杀了长角鹿母，杀死了他心中永恒价值的象征。他想不到，他的这一举动反而害了外孙，在他良心受到谴责痛苦难支的时候，孩子变成了“鱼”，悄悄地从小河里“游”走了！

而孩子，这个不知名的孩子，无疑是美和理想的化身。今天，环顾四周，我们痛惜地看到，美好的信念正从更多的人的心中流失，金钱已成为更多人的上帝和主宰，更多像阿洛斯古尔一样疯狂的人早已使长角鹿母的故事遭到幻灭，而更多的孩子，是不是只有像“孩子”一样游走呢？

在孩子面前，我们无话可说。

读书实质上是对心灵的检阅。在当今金钱主宰和享乐疯狂的物欲横流世风下，再读《白轮船》，我为自己心灵中还存留着那一份对人类苦难感动的悲悯情怀而安慰，更为自己还没完全丧失人的良知而庆幸！

第一章
孩子·两个故事

他有两个故事。一个是他自己的，内容谁都不知道。另一个是爷爷讲的。后来，这两个故事都没踪没影了。为什么？这就是我们要说的。

他有两个故事。一个是他自己的，内容谁都不知道。另一个是爷爷讲的。后来，这两个故事都没踪没影了。为什么？这就是我们要说的。

这孩子这一年已满七周岁，虚岁八岁了。

起初，买了一只书包。一只把手下面有着发亮的金属锁链的黑色人造革书包。一句话，是一只不寻常的然而又是最普通的上学用的书包。事情就全是从这儿开始的。

这只书包是爷爷在流动商店给他买的。流动商店带着牧民所需的商品跑遍山区，有时也到圣塔什溪谷他们的护林所来兜售货物。

从这里护林所，沿着峡谷和斜坡，禁伐的山区森林一直伸展到上游。护林所所在地总共只有三户人家。但流动商店偶尔还是来拜访护林人。

三户人家中这个唯一的男孩子，总是第一个注意到流动商店。

“过来啦！”他边喊边跑近各家的门窗，“汽车商店过来啦！”

车轮碾成的道路，从伊塞克库尔湖岸到这里，一直是沿着峡谷、河岸，在石块、凹坑中通过。要驶过这条道路真不简单。到达卡拉乌尔山以后，流动商店从沟壑底爬上斜坡，再从那里慢慢地沿着又陡又光的斜坡向护林人的院子驶下来。卡拉乌尔山就在近旁。夏天，小男孩差不多每天要跑到那里用望远镜瞭望湖泊。在那里，路上的一切都看得清清楚楚，不管是步行的，骑马的，当然，还有汽车。

这一次——是在一个炎热的夏天发生的——小孩正在水池里洗澡，从这里看到汽车扬起灰尘沿着斜坡开来。水池位于河边的沙滩上，是爷爷用石块砌起来的。要不是这个水池，谁知道，可能这孩子早就活不了了。正像奶奶所说，可能河水早就冲掉了他的骨头，把它一直带到伊塞克库尔湖，跟那里的鱼和各种水生物作伴去了。而且谁也不会去寻找他，不会为他悲伤——因为谁都没必要钻到水里去寻找一个对谁都不是迫切需要的人。这种事暂时还没有发生。但如果真的发生了，谁知道，奶奶可能真的不会扑上去救他。如果他是她的亲人，那当然是另一回事，但正像她所说，他是外人。外人总是外人，不管养他多大，为他操劳多久。外人……如果他不愿意当外人，那又怎么样？为什么偏偏他应该被当作外人？也许，外人不是他，而恰恰是奶奶自己呢!

但关于这一点——以后再谈，还有关于爷爷的水池也以后再谈……

就这样，那时他远远看到了流动商店，它从山上驶下来，沿路尘埃飞扬。于是他高兴起来了，知道准会给他买一只书包的。他立刻从水里跳出来，伸出细腿，很快地套上裤子，人湿淋淋的，冻得发青（因为河里的水冰凉），沿着小路奔向院子，他要第一个向大伙报告商店到来的消息。

小孩飞跑着，跳过小灌木丛，碰见圆石块时，如果跳不过，那就绕过去。无论是在草丛中还是大石块旁，虽然明明知道它们是不好惹的，甚至绊你一脚，他还是一秒钟也不耽搁地飞跑着。“汽车商店开来啦。我等一会儿再来。”他一边跑一边向路上“躺着的骆驼”（他这样称呼一块一半埋在土里的驼背的火红色花岗岩）喊道。平时小孩走过时总要拍拍“骆驼”的背，总是以主人的姿态拍拍它，就像爷爷拍自己的短尾阉马一样，漫不经心地、随便地说声：“你在这儿等着，我有事离开一会儿。”他还有一块“马鞍”石——带有半白半黑的花斑，当中有一道凹痕，坐在上面就像骑马一样。还有一块“狼”石——非常像一只狼，颜色褐中带灰，有粗壮的后颈和笨重的前额。

就这样，那时他远远看到了流动商店，它从山上驶下来，沿路尘埃飞扬。

他经常悄悄地爬近它，准备抓住它。但他最喜爱的还是“坦克”，一块饱经河水冲洗、屹立在河岸上的大石头。等着瞧吧，“坦克”从岸上冲下去，滚滚的河水就会溅起浪花沸腾起来。在电影里坦克就是这样开动的，从岸上冲到水里，开走了。他很少看电影，因此看过的东西他记得很牢。爷爷有时带他到山那边国营农场育种畜牧场的电影院去看电影。因此，他就记住了“坦克”时刻准备从岸边冲过河去，还有其他的石头——如“有害的”或者“善良的”石头，甚至“狡猾的”和“愚笨的”石头。

在植物中间，同样也有“可爱的”、“勇敢的”、“胆小的”、“凶恶的”以及其他各种各样的。比方说，有刺的田蓟是主要的敌人。他一天之内总要跟它厮杀几十次。但这种战争总是结束不了——田蓟总是长出来，不断蔓延着。还有田野上的牵牛花，虽然它们也是野生的，但却是最聪明和快乐的花。每天早晨，它们比谁都更起劲地迎接太阳。别的草什么也不懂：什么早晨，什么晚上，对它们反正都一样。而牵牛花，只要光线稍微照到，眼睛就张开来微笑着。开始一只眼睛，接着第二只，然后一个接一个地所有花瓣都张开来了。白色的、浅蓝的、淡紫色的……如果你悄悄地坐在它们旁边，你就会发现它们仿佛是在睡醒之后细声低语着。小蚂蚁也知道这一点。早晨，它们总是在牵牛花上奔跑着，在阳光下眯细着眼睛，倾听着花朵的叙述。可能是在叙述梦吧？

白天，一般是在中午，他喜欢钻到长满多茎的舍拉尔仁树的丛林中去。舍拉尔仁树挺高大，没有花，然而芳香扑鼻。它们长得像小岛一样，一丛丛聚合在一起，不许别的植物靠近。舍拉尔仁树是忠实的朋友，如果你受了某种委屈，想哭一场而又不愿让别人看到，你躲在这些树林里最保险。舍拉尔仁树林发出的气味很像松树林。林中又热又静。但主要的是，它们并不把天空遮住，你尽可以仰面躺着，仰望头上的蓝天。开始时透过泪珠差不多什么也辨别不出。而后，云彩游来，在上面构成你想象得出的一切。云彩懂得你不太好过，你想远走高飞，使任何人也找不到你，使所有的人都惊叫起来：小孩失踪了，现在我们到什么地方去找他呢？……为了不发生这样的事，为了使你不要离开，为了让你平静地躺着欣赏云彩的变幻，它将随着你的想象描绘出各种各样神奇的图画来安慰你。从那些一模一样的云彩中你看到了最繁复多样的形象。应当一心一意注视云彩在勾勒一些什么。

在舍拉尔仁树林中是平静的。而且它们不遮住天空。就是这些舍拉尔仁树林散发出热的松树林的气息……

他还知道许多关于草的事情。他宽容地对待那些长在河滩草地上的银光闪闪的针茅。这些针茅是怪物，长着轻浮的脑袋。它们那柔软的、丝一般的圆锥花序没有风就不能生存。它们老是等着风，风向哪儿吹，就向哪儿倒，而且是全体一起倒过去，像服从命令一样。如果下起大雷雨来，针茅就无处藏身了，纷纷摇摆、跌倒、紧贴在地上。要是有脚，它们大概会逃之夭夭吧……但这是它们装模作样。大雷雨一停，轻浮的针茅又将重新随风摇摆——风向哪儿吹，它们就向哪儿倒……

小孩没有伙伴，成天就生活在这些朴实的自然环境中。只有流动商店才能使他忘掉这一切，使他不顾一切地向它奔去。流动商店，那还有什么好说的，这可不是石头也不是草啊什么的，在这个流动商店里什么东西没有呀！

当小孩跑回家时，流动商店已经从屋子背后开到院子里来了。护林所的屋子面临着一条河，周围的那块地就变成了一直通往河岸的微微倾斜的下坡道，而在河对岸，从被河水冲刷的陡岸开始，突然升起漫山遍野的森林，因此，到护林所去的道路只有一条——必须从屋子背后绕过来。如果小孩不是及时赶到的话，谁都不会知道流动商店已经开到这里了。

这时，成年男子都不在家。他们从早晨起就各自走开了。只有妇女们在忙着家务事。小孩跑近各家门口，尖声叫起来："来啦！来啦！流动商店开来啦！"

妇女们忙乱起来了，到处寻找储藏起来的钱，接着一个个争先恐后地奔出来。就连奶奶也不得不夸奖起小孩来了："看他的眼睛多尖啊！"

小孩很高兴，就好像是他自己带来了流动商店似的。他为自己能给她们带来这个好消息而感到幸福，也为自己能和她们一起拥向院子，和她们一起在有篷运货汽车的打开的门口互相推挤着而感到幸福。

但到了商店门口，妇女们很快就把他忘记了。她们才不会想到他呢，各式各样的货色早把她们弄得眼花缭乱。妇女一共有三个：奶奶、别盖依姨妈（小孩母亲的姊姊，护林所里最主要的人物、护林巡查员阿洛斯古尔的妻子），以及辅助工谢大赫玛脱的妻子、年轻的古利江玛（她手里还抱着小女孩）。总共就是这么三个妇女。但她们竟如此忙碌，不停地翻动货物，挑来挑去，弄得售货员不得不要求她们按次序一个一个来，不要乱哄哄一起讲。但售货员的话对妇女们不起作用。她们先是一大把一大把地抓住一切东西，继而开始挑选，然后再把选出的东西退回去。她们总是把东西挑出来搁在一旁，试穿着，争论着，怀疑着。她们反复几十次询问着同一件事。这个她们不喜欢，另一个太贵，第三个颜色不称心……小男孩站在一边，开始感到无聊，他原先期望见到某种不寻常事物的好奇心消失了，当初看到流动商店所引起的那种快感消失了。在他眼里，流动商店忽然一下变成了一辆普通的、堆满各种破烂的汽车。

售货员皱紧了眉头，想道：看来这些娘儿们不会买什么东西的。他干吗要翻山越岭老远赶到这儿来呢？

果然不出所料，娘儿们的热情开始冷下来了，她们甚至感到厌倦了。她们开始为自己辩解、开脱，好像是互相解释，又好像是说给售货员听。奶奶第一个埋怨说没有钱。既然没有钱，就不好拿货。别盖依姨妈没有丈夫的允许是不敢买大件东西的。她是世界上所有妇女中最不幸的一个，因为她没有小孩，阿洛斯古尔酒醉后总是打她，而老爷爷也就因此受苦：要知道，别盖依姨妈终究是爷爷的女儿呀。这回，别盖依姨妈买了一些零碎杂物和两瓶伏特加。这真是白糟蹋钱，这只能招来一场灾祸。奶奶忍不住了。

“你干吗要给自己招来横祸啊？”她怕售货员听见，悄声地说。

“我自己也知道。”别盖依姨妈简短地截住她的话。

“你这傻瓜！”奶奶带着幸灾乐祸的语气轻声嘟囔着，要不是有售货员在场，她早就教训别盖依姨妈了。

嘿，她们之间还吵过架哩……

年轻的古利江玛收回了钱。她开始向售货员解释，她的谢大赫玛脱很快就要进城，在城里需要钱用，因此她不能再花钱了。

就这样，她们在流动商店旁边互相推来推去，正如售货员所说：买了“一个子儿”的货，就各自回家去了。唉，难道这也算是做生意吗？售货员在走开的娘儿们背后啐了一口唾沫，就收拾起被翻乱的货物，准备坐进驾驶座把车子开走了。这时他注意到小孩了。

“你在干什么，大耳朵？”他问道。小孩有两只招风耳朵、细长的脖子和一颗大圆头。“想买东西吗？那就快一点，要不就关店了。有钱吗？”

售货员由于没事做就随便问了一声，但小孩却恭恭敬敬地回答：

“没有，叔叔，没有钱。”他边说边摇摇头。

“我想，你有钱，”售货员假装不相信，拖长着声调说，“要知道，你们这儿都是富翁，可偏要装穷……你口袋里是什么，难道不是钱吗？”

“不是，叔叔。”他还是像刚才一样真诚、一样认真地回答了，他还把有破洞的口袋翻转过来（另一只口袋已经缝死了）。

“这就是说，你的钱都漏掉啦。到你跑过的地方去找找。能找到的。”

他们沉默了一会儿。

“你是谁家的？”售货员又盘问起来了，“莫蒙老头家的，是吗？”

小孩点了点头。

“应该算是他的外孙吧？”

“是的。”小孩又点了点头。

“你妈在哪儿？”

小孩一句话也不说。他不愿意提这件事。

“她完全没跟你们通消息吗，你的妈妈？你不知道，是不是？”

“不知道。”

“爸爸呢？也不知道吗？”

小孩不说话。

“你这是怎么回事，伙计，什么也不知道，”售货员开玩笑地责备他，“真是这样，那就算了。喏，拿着！”他抓了一把糖果送给小孩，“再见！”

小孩害羞了。

“拿着，拿着。别耽搁时间。我该走了。”

小孩把糖果放进口袋里，打算跟在汽车后面跑，送商店上路。

他唤来了那条懒得可怕的蓬毛狗巴尔杰克。阿洛斯古尔一直威胁说要打死这条狗：他说，为什么要留这样的狗呢？但爷爷总是求他拖一段时间，爷爷认为应该弄到一条护羊犬，然后再把巴尔杰克带到什么地方去。巴尔杰克啥事也不管，吃饱了就睡觉，饿了就盯住一个人乞讨，不管自己人还是外人，它从不挑拣，只要扔给它点什么东西就行了。喏，它就是这样的一条雄狗，这个巴尔杰克！但有时，它也会由于没事做而跟在汽车后面跑。当然，跑得不太远，只要一赶它，它就会吓得转身跑回家。真是条没出息的狗！但无论如何带着狗一起跑，总比没有伴儿好一百倍。不管它是什么样的，总算是一条狗……

悄悄地，不给售货员看到，小孩扔给巴尔杰克一块糖。“听着，”他对狗说，“我们要跑好久哪。”巴尔杰克轻轻叫了一声，摇着尾巴，还想要糖吃。但小孩决定不再扔给它：人家确实会见怪的，又不是为了喂狗才给他一把糖的。

就在这时，爷爷出现了。老头儿到养蜂场去过了。从养蜂场那边可看不见屋子这边发生了什么事，当他赶到时，商店恰巧还没有走开。否则，外孙就不会有书包了。这一天小孩真走运。

那些好事的人都管莫蒙老头叫“百事管的莫蒙”，方圆四周的人都认识他，他也认识所有的人。莫蒙对所有的人，哪怕是不太熟悉的人都很有礼貌，而且总是随时准备为随便什么人做些事情，因此人们就给他起了“百事管的莫蒙”这个绰号。可是谁都不珍视他的热忱，就像金子忽然开始无偿散发的时候，人们不再珍视金子一样。任何人也不对莫蒙表示像他那种年龄所应该得到的尊敬。人们随随便便跟他打交道。每一次给布古族某一个德高望重的长者举行隆重的丧宴时（而莫蒙正是布古族人，他非常以此自豪，从不放过自己同族人的任何一次丧宴），人们才请他宰杀牲畜，迎接贵宾，扶贵宾下马，献茶，乃至劈柴，挑水。在隆重的丧宴上，有多少来自四面八方的客人，还少得了忙碌操心的吗？凡是委托莫蒙办的事情，他都干得既快又好，这主要是因为他不像别人那样偷懒。有一次，阿依尔村的一些少妇为死去的长辈举行丧宴时，接待了一大群客人，她们看到莫蒙那么得心应手地处理事情，不禁惊叹起来说：“要不是百事管的莫蒙，我们真不知道该怎么办才好呢！”而结果，这个从老远地方带着外孙赶来的老人，却当了烧茶炊的人的下手。谁处在他这种地位会不气死？而莫蒙却不在乎。对于百事管的老莫蒙为客人们服务这件事，谁也不感到惊奇，那是理所当然的——因为他一辈子是百事管的莫蒙。自己活该谁叫他是百事管的莫蒙呢！如果有人惊奇地问他："老人家，你为什么给娘儿们跑腿？难道整个村子里的年轻小伙子都死绝了吗？"莫蒙就回答：

"死者是我的兄弟（他把所有布古人都认作自己的兄弟。实际上其他客人跟死者的关系更为密切）。在他的丧宴上，我不忙，还有谁忙呢？我们布古人，从我们最早的老祖宗长角鹿母以来，都是亲族。而它，最可尊敬的鹿母，嘱咐我们要友爱，不管对活人，还是对记忆中的……"

喏，百事管的莫蒙就是这样的人！

老老小小都跟他你我相称。跟他可以开玩笑——老头不见怪；对他可以不理不睬——老头毫无怨言。怪不得有人说，对那些不会迫使别人尊重自己的人，人们是不原谅的。而他就是不会。莫蒙会做许多事，做木工活儿，做马具，堆麦秆——他年轻时曾在集体农庄里干活，草垛堆得最好，以致冬天都舍不得把这些草垛拆散。大雨浇在草垛上，就像水从鹅毛上流下一样，怎么也透不进去，而雪落到上面，就反而像盖上了一个两面坡的屋顶。战争时期，莫蒙作为劳动战士在马格尼托哥尔斯克当过泥水匠，被选为斯达哈诺夫工作者。回来后，就在护林所伐木，管理森林。虽然名为辅助工，真正管理森林的却是他，而阿洛斯古尔，他的女婿，大部分时间出外作客。除非什么时候上级突然到来，他才亲自领上级到森林里去看看，请他们一起打猎，那时候他才成了主……莫蒙也赶牲口、养蜂，从早到晚都在工作。他的一生几乎都在忙忙碌碌中度过，却一直没有学会使人家尊敬自己。

就连莫蒙的外表，也全然不像长者的样子。既不庄重，又没架子，更不严厉。他是个好心肠的人，一眼就看得出这个人吃力不讨好的特征。任何时代都这样教导人："不要太善良；宁愿做恶人！对，宁愿做恶人！"——而莫蒙却自作自受，始终是一个不可救药的老好人。他的脸总是笑咪咪的，满脸皱纹加皱纹，眼睛永远像是在问：

"你怎么样？你要我给你办点什么事吗？我马上就给你办到，只要你说一声，你需要什么……"

鼻子软绵绵的，扁塌塌的，好像一点鼻梁也没有。而且个子不高，是个像少年一样机灵的老头儿。

说到胡须嘛，也不争气。落得笑柄一个。在光溜溜的下巴颏上只长出两三根红毛，这就是全部胡须了。

你往往看到一个庄严的老人在路上骑马走过，他的胡须像庄稼一样茂密，身上穿着宽敞的皮大衣，山羊皮做的宽领子翻开来，戴着风帽，骑在高头大马上，马鞍又是镀银的——那就完全不同了。你准会把这种人当智者，当先知，对这种人哈腰鞠躬也不会感到难为情，这种人到处受到尊敬。而莫蒙生来仅仅是个百事管的莫蒙。也许，他唯一的优点在于：他不怕在别人眼中贬低自己的尊严（坐得不对头，讲得不对头，回答得不对头，笑得不对头，不对头，不对头……）而就这一点来说，莫蒙自己也意想不到，他确是个少有的幸福者。许多人与其说是由于疾病而死，不如说是由于不能抑制的、永远折磨着他们的欲望而死——要使自己显得比原有的样子更为高大。（谁不愿意被称为聪明的、有身份的、漂亮的，而且又是威严的、公正的、果断的人呢……）

但莫蒙不是这样的人。他是个怪人，人们对待他，就像对待怪人一样。

有一件事，使莫蒙极为生气。一次筹备给某人举行丧宴，忘了请他去参加亲人们商量后事的会议……他为此十分生气，感到非常难过。倒不是由于把他漏掉了——在这种会议上他不过到到场罢了，反正决定不了什么——而是由于古老的传统给破坏了。

莫蒙有自己的不幸和苦恼，常在夜里哭泣。而这一点，外人几乎什么也不知道。可是，家里人是知道的。

当莫蒙看到外孙呆立在流动商店旁边时，马上懂得了小孩为什么发愁。但售货员是外客，必须首先向他打招呼。于是，老头很快地从马鞍上翻身下来，向售货员伸出了两手，“上帝保佑，大商人！”他半开玩笑半认真地说，“你的商队平安到达了吗？你的生意成功吧？”莫蒙热情地摇动着售货员的手：“日子过得真快，我们老久没见啦。祝你好！”

售货员微笑着，不时打量着他那寒酸的外表，还是那双绽开的厚油布高筒靴，老太婆给缝的粗布裤，破烂的上衣，久经风霜的厚毛毡帽。

“商队倒是托福平安。”售货员回答说，“糟糕的是，商人到你们这儿来，你们却往森林、山谷里跑。甚至还叫妻子们守住每一个戈比，就像临死前守住灵魂一样。哪怕这儿货物堆成山，谁也不肯花一个子儿。”

“请别见怪，亲爱的，”莫蒙有点不好意思地抱歉说，“要是我们早知道你要来，决不会跑开的。至于没有钱，没有也只好没有算啦，等秋天我们卖掉了……”

“随你怎么说吧！”售货员打断了他，“我知道你们，臭财主们！住在山里，土地、干草要多少有多少，四周全是森林——三天也跑不遍。还养牲口，养蜂，不是吗？可是连一个子儿也舍不得花。好啦，就买条丝面被子吧，缝纫机还剩下一架呢……”

“天啊，哪来那么多钱！”莫蒙辩解道。

“哈，我就相信你？你吝啬，老头！光是攒钱，准备干什么呢？”

“天啊，真没有，我向长角鹿母发誓！”

“得了，就拿这块绒布吧，你可以缝一条新裤子。”

“要是有能力，早买下了，向长角鹿母发誓……”

“唉，唉，跟你真没什么可说的，”售货员挥了一下手说，“这趟算是白来啦！阿洛斯古尔在哪儿？”

“一大早就走了，好像到阿克沙伊去了。找牧羊人有点事……”

“那么，是去作客了。”售货员会意地说。

出现了片刻不自然的冷场。

“你别见怪，亲爱的，”莫蒙又开口讲起话来，“到秋天，上帝保佑，等我们卖掉了土豆……”

“秋天还早着呢！”

“要是这样，请原谅。看在上帝面上，到我家里去坐一坐，喝点茶。”

“我可不是为这个来的。”售货员拒绝了。

他关上带篷运货汽车的门，又看了一眼站在老头旁边抓住狗耳朵、准备跟在汽车后面跑的孩子，顺便补充了一句：

“孩子该上学了，哪怕给他买只书包也好啊，他几岁了？”

莫蒙的脑子里当即闪过一个念头：他是该向固执的售货员多少买些东西的，外孙也确实需要买只书包，今年秋天他就该上学啦。“啊，真的呢！”莫蒙叫起来了，“我倒没想到。怎么，七岁？不，已经八岁了……来，过来！”他转身朝外孙喊道。

老头儿在口袋里翻寻了一阵，拿出一张藏好的五卢布钞票。

它大概早就藏在身边，已经皱成一团了。

“拿着，大耳朵，”售货员狡猾地向小孩递了个眼色，把书包交给了他，“要好好学习。过不了文化关，就得一辈子跟爷爷呆在山沟里啦。”

“一定过得了，他是肯动脑筋的。”莫蒙回答说，一面数着找头然后看了一眼不自然地拿着新书包的外孙，紧紧抱住他。“这可是个好东西。秋天就要进学校啦。”他轻声说。

爷爷粗硬有力的手温柔地抚摸着小孩的脑袋。孩子突然感到喉咙口像被什么东西梗塞住了，他发觉爷爷很瘦，心里非常难过。他闻到爷爷衣服上特有的气味，闻到从爷爷身上散发出的干草和劳动者的汗味。忠实可靠的亲人！

他可能是世上唯一宠爱这个孩子的人了，他既憨直，又古怪，人们都管他叫“百事管的莫蒙”……不过，那又怎么样呢？不管他是什么样的，有一个自己的爷爷，总是好的。

小孩自己也没料到：他的快乐会是如此之大。以前他还从来没想过要进学校。以前，他只看到别的孩子们去上学，在山的那一边，在圣库尔斯克村。他和爷爷曾经骑马到那儿参加过几个德高望重的布古老人的葬后追悼宴。

打这儿起，孩子就没有跟书包分离过。他欢天喜地地跑遍了护林所的所有人家，不断夸耀着他的书包。首先他拿给奶奶看：“喏，爷爷买的！”然后又给别盖依姨妈看。姨妈也因此高兴起来，还称赞了他。

别盖依姨妈心境愉快的日子是很少的。她经常是阴郁的，满腹怨恨的。她不大注意到自己的外甥，也顾不上他，她自己有那么多的倒霉事。奶奶说，如果她有孩子，那就会完全变成另一种样子的女人。就连阿洛斯古尔，她的丈夫，也会成为另一种人。那时莫蒙爷爷自然也将成为另一种人，再不会像他现在这样了。现在，尽管爷爷有两个女儿——别盖依姨妈和别盖依姨妈的妹妹，这个孩子的母亲，心境照样不好。没有孩子固然不好，但孩子如果没有孩子，那就更糟。奶奶是这样说的。真怪……

给别盖依姨妈看完书包之后，小孩就跑到年轻的古利江玛那儿，给她和她的小女儿看。接着又从那里穿过割草场去找谢大赫玛脱。他跑过火红色的“骆驼”石，又是没时间去拍拍它的背。他又从“马鞍”、“狼”和“坦克”旁边跑过，一直沿着河岸走到小路上，穿过沙棘丛，而后顺着一长块割过的草地，找到谢大赫玛脱。

谢大赫玛脱今天一个人在这儿。爷爷早就割完了自己分到的一段，还代阿洛斯古尔割完了他的一段，而且已经把干草运走了——奶奶跟别盖依姨妈把干草扒在一起，爷爷堆积干草，小孩则帮着他把干草装上大车。他们在牛栏旁边堆了两垛。这是两堆平整的、像用梳子梳过一样的草垛。爷爷把它们盖得好好的，多大的雨也淋不透。年年如此。阿洛斯古尔不割草，全部推给丈人，不管怎么说，总算他是个领导。他常对爷爷和谢大赫玛脱说：只要我高兴，一下子就把你们辞掉。不过那也只是醉后说的。爷爷他赶不走，走了，谁来干活呢？没有爷爷，倒试试看！林中的工作可不简单，特别是秋天。爷爷说，树林不是羊群，不会走散。但是要照顾的事不比羊群少。因为一旦发生火灾，或者山洪冲来，树不会自己跳开去，不会移动，长在哪儿，就毁在哪儿。所以，管林人就得负责不让树毁掉。同样，阿洛斯古尔也不会赶走谢大赫玛脱，因为谢大赫玛脱是驯服的。不管你怎么训斥他，从不回嘴。不过他这个驯服而健康的小伙子，却懒得很，喜欢睡大觉。因此就落到管林这一行来了。爷爷说，在集体农庄里，像他这样的小伙子多半会开汽车、驾驶拖拉机。而谢大赫玛脱呢，连自己的土豆地上也长满了野草，弄得古利江玛不得不抱着小女儿去张罗菜园的事。

这回，谢大赫玛脱又把割草日期耽搁了。前天连爷爷也骂了他："去年冬天，我是心疼牲口，不是怜惜你，才分给你干草的。如果今年你还想在我老头的干草上打主意，就直说吧，我代你割。"谢大赫玛脱受了感动，今天从一大早起就挥动镰刀了。听到背后急促的脚步声，谢大赫玛脱转过身，用衬衫袖子擦了擦脸：

"你干什么？有人喊我，是不是？"

"不，我有一只书包。喏，爷爷买的。我快要上学了。"

"就为这个跑一趟？"谢大赫玛脱哈哈大笑起来。"莫蒙爷爷是这样的，"他用手指头在太阳穴边转动一下，"而你也是一个样！来，看看是个什么样的书包。"他试了试锁链，把书包翻看一遍，就还给孩子，笑着摇摇头。"你要到哪个学校去？它在哪儿，你的那个学校？"

"什么到哪个学校？当然到农场学校去呗！"

“这么说，要到热列萨伊去罗？”谢大赫玛脱吃惊地说，“翻过山到那里有五公里路，不会少的。”

“爷爷说，用马送我。”

“每天来回送？老头儿真是异想天开！他自己上学倒正当其时，可以和你同坐一桌，上完课一起回来！”谢大赫玛脱笑得前俯后仰，他想象着莫蒙爷爷和外孙同坐一张课桌的情景，觉得非常可笑。

小孩困窘地沉默着。

“我这是开开玩笑！”谢大赫玛脱解释道。

谢大赫玛脱轻轻地弹了一下小孩的鼻子，把爷爷给他戴的制帽帽檐拉到他眼睛上。莫蒙自己一向不戴林业部门发的制帽，怕难为情（“我算什么？又不是什么首长。我决不拿自己的吉尔吉斯便帽去换别的帽子”）。就连夏天莫蒙头上戴的也是古老的厚毡帽，过了时的阿克——卡尔巴克——白色的高筒帽，帽沿镶着已经褪色的黑缎纹布边。冬天，他戴着古老的羊皮杰别基。至于林业工人的绿制帽，他老早就给外孙戴了。

小孩很不高兴谢大赫玛脱这样嘲笑他带来的新闻。他皱着眉把帽檐重又推到前额上。当谢大赫玛脱想再次弹他的鼻子时，他扭转头去，发起脾气来：

“别胡闹！”

"哎呀，生这么大气！"谢大赫玛脱冷笑一声。"别见怪，你的书包再好也没有了。"他轻轻拍了拍小孩的肩，"现在滚吧，我还要干活呢！"

谢大赫玛脱向手掌上吐了一口唾沫，又拿起镰刀挥动起来。

小孩跑回家去，又沿着那条小路，又跑过那些石块。他暂时还没时间跟石头一起玩。书包是件新鲜的宝贝。

小孩喜欢自言自语。但这一次他不是对自己，而是对书包讲话了："你别相信谢大赫玛脱，我的爷爷不是那样的。爷爷太老实了，因此别人总是嘲笑他。正是因为他太老实呀。他要带着我和你到学校去。你还不知道，学校在哪儿吗？不那么远。我指给你看，喏，我们从卡拉乌尔山上用望远镜可以看到它。我还要指给你看我的白轮船。不过，我们先得到板棚里去一下。我的望远镜藏在那儿。我本来应该看管牛犊，可我每次总是跑去看白轮船啦。我们的牛犊已经长大了——它一跑，你就拖也拖不住它。可它还照样要吸母牛的奶。母牛是它妈妈，当然不会舍不得给它奶喝的。你懂吗？妈妈任何时候也不吝啬任何东西的。古利江玛这么说的，她有个小女儿……很快就要挤牛奶了，挤好后我们还得把牛犊赶去放牧。那时候，我们就可以爬到卡拉乌尔山上去，从山上可以望见白轮船。我本来跟望远镜也是这样说话的。现在我们将是三个人——我，你和望远镜……”

就这样，小孩往家里走着。他非常喜欢跟书包谈话，本打算继续谈下去，谈谈书包还不知道的、关于他自己的事。但他被干扰了。随着阵阵马蹄声，从树林背后出现了一个骑着灰马的人，这就是阿洛斯古尔。他也骑马回家去。灰马阿拉巴希（除阿洛斯古尔自己以外，谁也不许骑它），这匹马鞍辔齐备，还带有一副铜马镫、挡胸皮带和丁当作响的银饰物。

阿洛斯古尔的帽子歪戴在后脑勺上，露出红色的、生得很低的前额。他热得昏昏欲睡，骑在马上睡着了。按照区首长服装式样仿制的绒布夏装从上到下全解开着。白衬衫从腰带里脱了出来。一副酒醉饭饱的样子。他准是刚作客回来，喝够马奶酒，吃饱了肉。

四周的牧人每当夏季上山放牧时，总要把阿洛斯古尔请到自己家去。他有许多老朋友、老相识。但请他去是有企图的。阿洛斯古尔是个有用的人，特别对那些要造房子的人说来更是如此。这些人呆在山里，牲口丢不下，走不开，到哪儿去弄建筑材料，尤其是木头呢？但只要能讨好阿洛斯古尔，问题就解决了。你就可以从禁伐林里挑选两三根大原木运走。要不，你就只能一辈子跟牲口一起在山上流浪，你的房子一辈子也造不起来……在马上打着瞌睡的、沉甸甸的、显赫的阿洛斯古尔，漫不经心地把穿着细柔皮靴的脚尖踏在马镫上，过来了。

当小孩摇动书包迎着他跑上去的时候，他吃了一惊，险些儿从马上掉下来。

“阿洛斯古尔姨夫，我有一只书包！我快上学了。你看我的书包！”

“啊呀！该死的！”阿洛斯古尔惊恐地拉住缰绳，破口大骂。

他醉眼惺忪地看了一下孩子：

“你干什么，从哪儿来？”

“我回家去，我有一只书包，我把它拿给谢大赫玛脱看了。”孩子放低了声音说。

“好了，玩去吧！”阿洛斯古尔嘟囔了一声，摇摇摆摆地骑在马鞍上，继续往前走了。他才不管什么倒霉的书包呢！还有这个被父母抛弃的孩子、老婆的外甥，跟他有什么相干！看来命运老是在捉弄他，老天爷不给他一个自己的儿子，自己的亲骨肉，而同时却慷慨地给别人这么多的孩子……

阿洛斯古尔喘着气，呜呜咽咽地哭起来了。怜悯和怨恨窒息了他。他怜悯自己，怜悯的是活了一辈子而不留下什么痕迹；他怨恨不会生育的妻子，怨恨的是她这个该诅咒的婆娘，结婚多少年了，就是不怀孕……

“等一会儿看我收拾你！”阿洛斯古尔捏紧肥胖的拳头，暗自威胁着、呻吟着，尽量不哭出声音来。他准备一到家，就揍她。每次，只要阿洛斯古尔一喝醉酒，这种事情总会发生的。这个像牛一样的家伙，由于苦恼和怨恨，越来越变得愚蠢了……

小孩跟在后面沿小路走着，他感到奇怪，前面的阿洛斯古尔怎么忽然不见了。原来，阿洛斯古尔已经爬下马，扔下缰绳，穿过深深的草丛，朝河边走去。他弯着腰，双手蒙着脸，头缩进肩胛里，摇摇晃晃地走着。到了河边，他蹲下身子，双手捧了水，哗哗地泼到脸上去。

“大概天太热，他头痛了。”小孩看到阿洛斯古尔所做的一切，这样判断着。他不知道，阿洛斯古尔刚才哭过，怎么也熬不住不放声痛哭。阿洛斯古尔痛哭，就因为迎着他跑来的不是他自己的儿子，他没有能找到适当的话题，对这个拿着书包跑来的小孩多少说出几句有人情味的话来。

第二章
白轮船

从卡拉乌尔山顶可以俯瞰四面八方的景色。小男孩趴在地上，把望远镜放在眼睛前调节着。这是一架倍数很大的军用望远镜，是有一次为了奖励爷爷长期在护林所服务而赠送给他的。

从卡拉乌尔山顶可以俯瞰四面八方的景色。小男孩趴在地上，把望远镜放在眼睛前面调节着。这是一架倍数很大的军用望远镜，是有一次为了奖励爷爷长期在护林所服务而赠送给他的。老头不喜欢用望远镜："我自己的眼睛不比它差。"可是外孙却爱上了它。

这次他带着望远镜和书包，来到了山上。

开头，景物跳动着，在圆框框里模糊不清，过后，忽然看得清楚并稳定不动了。这比什么都有意思。他生怕影响对准了的焦点，屏住呼吸欣赏着美丽的景色，仿佛是他自己把它创造出来似的。接着，他把视线转向另一点，于是又模糊不清，焦点又不准了，不得不再次进行调节。

从这里可以看到周围的一切。连那些最高最高的、差点就挨着天的雪山顶也看得见。它耸立在所有的山的后面，在所有的山的上面，在整个大地的上面。在比雪山稍低的群山上，森林密布，上层是黑松林，下面是茂密的阔叶林。而古盖伊山，面向着太阳；山坡上除野草外，什么都不长。再小一些的山，在湖的那一边，简直就是光秃

他生怕影响对准了的焦点，屏住呼吸欣赏着美丽的景色，仿佛是他自己把它创造出来似的。

秃的、布满石块的陡坡。这些陡坡通到谷地，而谷地与湖连接着。就在那一边，还有田野、果园、村庄……播种下去的庄稼已经绿里透黄，临近收获了。小汽车在路上跑着，像老鼠一样，它们的后面扬起一条长长的尾巴一样的尘埃。在目光所及的最远的大地边缘处，在沙滩地带的后面，凸起的湖面发出蓝光。那就是伊塞克库尔。那边水和天相连着。再过去就什么也没有了。平静的湖水闪闪发光，湖面上一片空寂。隐隐约约只看见岸边浪头激起的白沫在微微颤动。

小孩久久地望着这个方向。“白轮船还没出现，”他对书包说，“让我们再一次看看我们的学校。”

从这里可以清楚地看到山背后那块邻近的凹地。在望远镜里甚至可以看清坐在屋前窗下的一个老太婆手里的纱圈。

热列萨伊凹地没有树林，只在某些地方长着几棵砍伐过的老松树。从前这地方曾经是一片森林。现在这儿一排排并列着有石板瓦房顶的牲口棚，可以望得见大堆大堆黑黑的肥料和稻草。这儿养着牛奶场的良种小乳牛。离牲口棚不远处有一条短街——那是畜牧工人住的小镇。街道从斜丘向下伸展，在街的尽头有一所不像住家的小房子。这就是一所四年制小学。高年级的孩子都到国营农场的寄宿学校去学习。而在这个小学学习的全是小孩子。每当小孩喉咙痛时，爷爷就带他到小镇上去看医生。现在，小孩全神贯注地在望远镜里看那所小学校：上面盖着褐色的瓦片，有一根孤零零的倾斜的烟囱，校门口挂着一块自制的胶合板，上面写着："缅克杰普"。他不会读，但猜想上面写的一定是这几个字。在望远镜里什么都看得清楚，包括最小的、小得不可思议的细节：刻在石灰墙上的一些字，四周糊着东西的玻璃窗，凉台上凹凸不平的、有麻点的木板。他想象他带着书包到了那里，走进了现在挂着一把大锁的那道门。接下去，在那扇门的后面是些什么呢？看完学校，小男孩又重新把望远镜转向湖面。但那里一切照旧。白轮船还没有出现。他转过身，背向湖坐了下来，把望远镜搁在一边，开始朝山下看。下面，就在山脚下，在细长的山谷里有一条湍急的、多石滩的河泛着银光。有一条路同河并排着弯弯曲曲地向前伸展，又一起在斜坡转弯处消失了。对面河岸陡峭，长满树林。圣塔什的禁伐林就从这儿开始，密林高高伸向山上，直到雪山下面。长在最上面的是松树，它们像一把把深色的鬃刷，在石头和雪中间，在山脉的顶峰巍然屹立着。

小孩嘲笑地观察着护林所院子里的房屋、茅草棚和边房。从上面看下去，它们显得又小，又不结实。在护林所后面更远一些的沿河地方，他识别出自己熟悉的石头——“骆驼”、“狼”、“马鞍”、“坦克”。所有这些石头，还是当他第一次从这儿卡拉乌尔山上用望远镜看到时给它们取名的。

小孩顽皮地笑了一下，站起来，朝院子方向扔过去一块石头。

石头在山腰上就落下来了。他又重新坐到老地方，于是在望远镜里仔细察看护林所。起初，把望远镜倒过来看——房屋跑得老远老远，变成一只玩具小盒子，大圆石变成了小石子，而爷爷在浅滩上砌成的水池更显得可笑——只有麻雀的腿那么高。孩子微笑着，搔搔头，赶紧掉转望远镜，调整了距离，对准他所喜爱的石堆，放大到最大倍数，于是“骆驼”、“狼”、“马鞍”、“坦克”都紧靠着望远镜的玻璃，显得多么动人：有裂缝、缺口，两侧有褐色苔藓的斑点，而主要是，它们真像他想象出来的动物。“嘿，你呀，是一只什么样的‘狼’啊！还有‘坦克’，真是好样的！……”

圆石后面的浅滩上，有一个爷爷造的水池。岸边这块地方，在望远镜里看得挺清楚。水从急流处顺路流到这儿宽敞的沙砾滩来，在浅水处泛起一阵泡沫，重又奔向急流处。浅水处的水有齐膝深，但水流很急，完全可以把像他这样大的小孩冲走。为了怕被水流带走，小孩经常抓住岸旁的河柳丛（树丛就长在河边，一部分树枝在旱地上，另一部分树枝飘拂在河里），然后再钻进水里。这算是什么游泳啊？简直像拴住的马。而且还有许多不愉快的事，挨骂！奶奶责备爷爷："他会被冲到河里去的，那时候，让他怨自己吧，我可不管。这种人，连亲生父母都把他丢了。我才不需要他呢。我别的事还忙不过来，管不了他。"

对她能说些什么呢？老太婆似乎讲得也有点道理。但是老头可怜这小家伙。河近在咫尺，差不多就在家门口，尽管老太婆怎么威吓，小孩还是要跳到水里去玩。这样，莫蒙就决定在浅滩上用石块砌出一个水池，让他可以安全地游泳。

为了不让水流把石头冲走，莫蒙老头找遍石块，从中挑选大石头搬回来，于是，紧紧抱起石头，站在水里，一块一块地垒起来。要垒得使水流能自由自在地从石头中间流进来，又能自由自在地流出去。可怜的、干瘪的、长着几根稀稀拉拉胡子的爷爷，穿着湿透了的贴在身上的裤子，整天为这个水池忙着。而晚上，躺下去就像瘫痪了一样，不断咳嗽，腰也伸不直。这下子奶奶大发雷霆了。

"小傻瓜年纪总还算小，可你这个老傻瓜是怎么搞的？你这样拼命地干，为的是啥啊？给他吃，给他穿，总该够了吧？而你还要纵容他胡闹。唉，这样不会有好结果的……”

不管怎么样，浅滩上的水池总算造得很出色。现在小孩去游泳一点都不用害怕了。他抓住树枝，爬下岸去，大胆地跳入水中。他在水里一定睁开眼睛。因为鱼在水里游来游去总是睁着眼睛的。他有这样一种奇怪的幻想：他想变成鱼，游出去。

现在他在望远镜里看着水池，又想象着他如何脱掉衬衣、裤子，光着身子，瑟缩一阵，然后钻入水中。山里的河水总是凉的，刚进水里时有点喘不过气来，但以后就习惯了。他还想象着，如何抓住河柳树枝，脸朝下地跳进激流，而水哗哗地响着在头上汇合起来，肚子下面、脚上、背上，一股股水流激烈地流动着。在水底下，尽管外面声音轰轰响，耳朵里却只留下潺潺声。他圆睁着眼睛，努力去看一切水下看得见的东西。他眨眨眼睛，眼睛有些痛，但他骄傲地对自己笑笑，甚至在水里还伸伸舌头。他这是做给奶奶看的。让她知道，他完全不会淹死，也完全用不着害怕。后来他的手放开了树枝，水流就冲击他，他不停地翻滚着，直到两只脚支住水池的石块为止。这会儿连呼吸都快停顿了。于是他一下子从水里跳起来，爬上岸，重新再跑到河柳丛去。这样重复了许多次。在爷爷修的水池里，哪怕一天洗一百次澡他也愿意——一直游到他终于变成一条鱼。而他，无论如何一定要变成一条鱼……

小孩对河岸看了一阵之后，又把镜头转向自己家的院子里。母鸡、火鸡带着小火鸡，靠着原木放着的斧头，冒着烟的茶炊，储藏室里的各种东西都显得如此不可思议的大，变得近在咫尺，以致他不由自主地想伸手去摸。突然，他吓了一跳，在望远镜里看到放大到像大象一样的褐色牛犊，安详地嚼着晾在绳子上的衣服。牛犊由于心满意足，眼睛也眯瞪起来了，口涎不断地从嘴唇往下流——它觉得满嘴嚼着奶奶的连衫裙，太惬意了。

"啊呀！混蛋！"小孩拿着望远镜欠身站起来，挥挥手。"喂，滚开，听着，快给我滚开！巴尔杰克，巴尔杰克！（狗在镜头里极为安详地自顾自在屋角躺着）去咬，去咬它！"他绝望地命令着狗。但，巴尔杰克连耳朵也不动一下。它像什么事也没发生一样只管躺在阴凉处。

就在这一分钟里，奶奶从房子里走出来了。一看到眼前发生的事，奶奶双手在胸前一拍，马上抓起一把扫帚向牛犊扔去。牛犊跑掉了，奶奶在后面追。望远镜跟踪着她，小孩为了不让别人看到他在山上，他坐了下来。老太婆赶走了牛犊，一边骂着，一边往回走，由于发怒和跑得太快而喘着气。小孩在望远镜里看着她，就像同她在一起，甚至比同她在一起还要看得更清楚。他把她放在镜头的近景上，就像在电影里单独呈现出人的脸部一样。他看到她的由于暴怒而缩小的黄眼睛。他看到她那布满皱纹的、打褶的脸整个儿地红透了。就像电影里的声音忽然消失一样，奶奶的嘴唇在望远镜里急促地、无声地颤动着，露出她那有缺口的稀稀落落的几颗牙齿。老太婆叫喊些什么，在远处分辨不清，但她的话，小孩却仿佛准确而清楚地都能听到，就像她在自己耳边说的一样。啊呀！老太婆骂得他好凶啊！他都背得出来了："好吧，等着瞧。你总要回来的，看我收拾你。我可不看你爷爷的面子。我说了多少次，把这个劳什子望远镜丢掉。他现在又跑到山上去了。让那只鬼轮船翻掉吧，但愿它烧掉，但愿它沉掉……"

小孩沉重地叹了一口气。难道在给他买了新书包、他已经幻想着如何去上学这样的日子里，还得去照看牛犊吗？……老太婆没有静下来。她继续骂着，翻看着被嚼烂的连衫裙。古利江玛抱着女儿向她走来。奶奶向她发着牢骚，火又冒起来了。她朝山那个方向挥舞着拳头。她的瘦骨嶙峋的发黑的拳头威胁地在望远镜里晃动："他倒玩起这种劳什子来了。让那只鬼船翻掉。但愿它烧掉，但愿它沉掉……”

院子里的茶炊已经烧开了。在望远镜里可以看出盖子下面往外直冒的水汽。别盖依姨妈走出来拿茶炊。于是又开始了，奶奶差一点没把自己那件被嚼过的连衫裙塞到她鼻子上：“喏，看看你外甥做的好事！”

别盖依姨妈开始安慰她，劝解她。小孩猜到她说什么了。大概还是像以前说的那样：“安静点吧，妈妈。他还小，不懂事，你能把他怎么样呢？他在这儿孤零零一个人，没有伙伴。向小孩叫嚷，吓唬小孩，有什么意思呢？”奶奶肯定会回答她说：“你别教训我。你自己生一个试试看，那时候，你就知道，该怎么要求孩子啦。他尽在山上干什么？管牛犊他就没时间了。他在那儿能发现什么？想发现自己放荡的父母吗？生了他就各奔东西的那两个人吗？你倒好，不生育的……”

甚至在这样的距离内，小孩在望远镜里也能看到别盖依姨妈凹陷进去的双颊变成死灰色了，她全身发抖了，并且他确实知道姨妈会怎么报复她的继母：“那你自己呢，老泼妇，你生了几个儿子，几个女儿？你自己又算是个什么人啊？”

一场风波就开始了。奶奶由于受辱而咆哮起来。古利江玛在旁边劝说着，为她们调解。她抱住奶奶，想把她拉回家去，但这更激怒了奶奶，她像疯子一样在院子里乱跑乱窜。别盖依姨妈却拿起烧开了的茶炊，也不顾泼翻开水，差不多是跑着，三脚两步把它搬到屋里去了。奶奶疲乏地坐到一块大木头上，号叫着，伤心地埋怨自己的命运。现在小孩早被丢在脑后，上帝本人和整个世界都被骂到了。“你这是说我吗？你问我吗，我算是个什么人？”奶奶向着老头前妻的女儿怒吼着，“要不是老天惩罚我，要不是他带走了我的五个婴儿，如果我唯一的儿子，不是在十八岁时，在战争的时候中了枪弹死掉了，如果我的老头子，最亲爱的达伊加尔不是带着大羊群在暴风雪中冻死，难道我会在这个地方，在你们这些管林子的人中间生活吗？难道我是像你一样不会生育的人吗？难道我会在晚年跟你父亲、傻头傻脑的莫蒙一起生活吗？该死的老天爷，为了什么样的罪过你要惩罚我啊？”

小孩拿开望远镜，悲伤地低下头来。“现在我们可怎么回家去呢？”他悄悄地对书包说，“这都是我和混蛋牛犊惹的祸。也因为你，望远镜。你总是叫我看白轮船。你也有罪。”他站起身来朝四周观望了一下。四周都是山——峭壁、石头、森林。闪闪发光的小溪，从高处、从冰川上无声地流下，而只有到了这里，到了下面，水才仿佛终于发出了声音，以便永远在河里喧哗个不停。而山啊，竟是这么雄伟，这么无边无际。他一刹那间感到自己非常渺小，非常孤独，完全被人遗忘了。只有他和山，山，到处都是高山。

太阳已经向湖那边落下去了，不太热了。东面的斜坡笼罩着最初一抹短短的影子。太阳慢慢地往下落去，斜坡上的影子也慢慢地朝下移动，朝山脚下移动。每天这个时候，在伊塞克库尔湖上总要出现白轮船。

小孩屏住了呼吸，把望远镜对准最远的地方。这就是它！他立即忘记了一切。那边，在前面，在蓝而又蓝的伊塞克库尔湖上，白轮船终于出现了。这就是它！它有一排烟囱，船身长长的，雄伟而又漂亮。它在湖上行驶，就像在琴弦上滑过似的，平稳、笔直。小孩赶紧用衬衫下摆把镜头玻璃擦擦干净，再一次调整了望远镜。轮船的轮廓更清楚些了。现在可以看到，它如何破浪前进，在船尾后面留下一片明亮、洁白的浪花。小孩全神贯注地注视着白轮船。如果依他的心愿，他一定要求白轮船驶近些，以便能看见它上面的乘客。但轮船根本不知道这回事。它慢慢地、庄严地走着自己的路，不知从何而来，也不知向何处去。

可以仅仅看着轮船看很长时间，而他也长久地想着他如何变成一条鱼，顺着河游向它，游向白轮船……

那边，在前面，在蓝而又蓝的伊塞克库尔湖上，白轮船终于出现了。

有一次，那是他第一次从卡拉乌尔山上看到蓝色的伊塞克库尔湖上的白轮船，那时美丽的景色使得他的心剧烈地跳动起来。他立刻断定，他的父亲，伊塞克库尔湖上的水手，正是在这条白轮船上。他相信这一点，因为他非常愿意是这样的。

小孩记不得自己的父亲和母亲了。他一次也没见过他们。不论父亲还是母亲，都一次也没有来看过他。但他知道：他的父亲是伊塞克库尔湖上的水手，而母亲在和父亲离婚之后，就把儿子留给爷爷，自己到城里去了。一去就消失不见了。那遥远的城市，和这里隔着许多山，隔着湖，又隔着许多山。

莫蒙爷爷有一次曾到那座城市里去卖土豆。去了整整一个星期。回来后，在吃茶的时候告诉别盖依姨妈和奶奶，说是看到了女儿，也就是小孩的母亲。她在一家大工厂里做织布工。她有了新的家庭——两个女儿，她把她们放在幼儿园里，一星期只能看到一次。她住在一座大房子里，但是他们自己只有一个小房间，小得简直无法转身，而在院子里谁也不认识谁，就像在市场上一样。大家都这样生活，走进自己的房间，马上就锁上门，经常这样关起门来坐着，像坐监牢一样。她的丈夫好像是个司机，在大街上开公共汽车。早晨四点钟出去，直到很晚才回来。工作也很累。爷爷说，女儿老是哭，求他原谅。他们在排队等待新的住宅。什么时候能分配到，那就不知道。但是等分配到了以后，如果丈夫允许的话，她就会把儿子领去。她请求老头暂时等一等。莫蒙爷爷对她说，不必伤心，最主要的是要跟丈夫和睦地过活，其余的都会解决。至于儿子，她更不必难过。“只要我活着，我不会把他送给任何人，而等我死了，上帝会替他引路，一个活人总能找到自己的前途的……”

别盖依姨妈和奶奶听着老头的话，时时叹着气，甚至一起哭一阵。也就是在那一次喝茶的时候，他们也谈到了小孩的父亲。爷爷听说过，好像他从前那个女婿，也就是说小孩的父亲，还是在一条轮船上当水手，他也有了新的家庭和孩子，可能是两个，也可能是三个。他们一起住在码头旁边。他好像已经戒酒了。而他的新妻子每次都带着孩子们到码头上迎接他。“可能，”小孩想，“他们迎接的就是他的这一条白轮船……”

轮船跑着，慢慢地去远了。它那白白的、长长的身躯，在蓝色的湖面上滑行，烟囱里冒着青烟，并不知道有个小孩变成一条孩儿鱼正在向它游过来。

他幻想能变成这样的一条鱼——身体、尾巴、鳍、鳞都是鱼的，只有他的头仍旧是自己的！这个头又大又圆，长在细脖子上，有着招风耳朵和抓伤的鼻子。眼睛也像原来的一样。当然，它们不能完全像现在的一样，而应当能像鱼眼睛一样看东西。孩子的睫毛很长，像小鹿的一样，老是在那里闪动着。古利江玛说，要是她的女儿也有这样的睫毛，那她将成为多么漂亮的姑娘！但为什么要成为漂亮的姑娘呢？或者为什么要成为漂亮的男人呢？大可不必！对他来说，漂亮的眼睛毫无用处，他需要的是能在水底下看东西的眼睛。

这种变形应当在爷爷的水池里发生。他一下子就变成了鱼。然后，他马上从水池跳到河里，到激流汹涌的地方，顺流而下。以后就这样，时常跳出水面朝四周看看，因为老在水底下游也没有味道。他在水流湍急的河里游，沿着陡峭的红色粘土的河岸，通过石滩，顺着激浪，经过山和森林。他将向自己心爱的石头告别："再见，'躺着的骆驼'！再见，'狼'！再见，'马鞍'！再见'坦克'！"而在游过护林所时，他跳出水面，向爷爷摆动着鳍："再见，爷爷，我很快就回来！"爷爷被这样的奇迹惊呆了，他不知道该怎么办。还有奶奶，还有别盖依姨妈，还有古利江玛以及她的女儿，大家都张大了嘴巴站着。人头鱼身，这种东西哪儿见过呀！而他向她们摆动着鳍："再见啦，我游到伊塞克库尔湖去，到白轮船那儿去啦。我的水手爸爸在那儿。”巴尔杰克大概会跟着他沿着河岸奔跑。狗当然从来没有看到过这样的事情。如果巴尔杰克决定扑到水里来，他就喊：“不行，巴尔杰克，不行，你会淹死的！”而自己就继续向前游。钻过吊桥下面的铁索，再向前——沿着岸边的河滩林，然后沿着轰鸣的狭谷顺流而下，进入伊塞克库尔湖。

伊塞克库尔湖像一个无边无际的大海。他在伊塞克库尔湖的波浪里游泳，在波浪起伏中前进，而这时候白轮船迎面驶来。“你好，白轮船，这是我！”他要对白轮船说，“我一直用望远镜看着你。”轮船上的人会感到惊奇，围过来看奇迹。那时他就对自己的父亲，那个水手说：“你好，爸爸，我是你的儿子。我游到你这儿来啦。”“你算什么儿子？你一半是人，一半是鱼！”“你把我拉上轮船，我就变成你的普通的儿子了。”“这可真好。好，我们来试试看。”父亲丢下网，把他从水里捞起来，举到甲板上。他立刻就变成了自己本来的样子。后来，后来……

后来白轮船继续向前开。他就把自己所知道的一切，把自己的生活都讲给父亲听。关于他居住的山沟，关于那些石头，关于河和禁伐林，关于爷爷修的水池，他就是在那里学习像鱼一样睁着眼睛游泳的……

他当然还要讲自己在莫蒙爷爷那里生活得怎么样。让父亲别因为人们叫他“百事管的莫蒙”而错怪他是坏人。不，这样的爷爷哪儿也找不到，这是最好的爷爷。他一点也不滑头。就因为他一点也不滑头，所以大家都取笑他。而阿洛斯古尔姨夫呢，他常常训斥爷爷，训斥老头子！甚至当着众人面训斥爷爷。而爷爷非但不为自己辩护，反而一切都原谅他，甚至还代他在森林里干活。岂止是干活，当阿洛斯古尔姨夫喝醉了酒骑马回来时，爷爷非但不向他那双下流的眼睛啐唾沫，反而奔过去，扶他下马，领到家里，帮他躺在床上，用皮袄盖好，免得他受冻，免得他头痛。还要替他卸马鞍，洗刷干净，把马喂得饱饱的。而这一切全都因为别盖依姨妈不会生孩子。为什么要这样呢，爸爸？如果能够做到想生就生，不想生就不生，不是更好吗？当阿洛斯古尔姨夫打别盖依姨妈时，爷爷多么可怜啊。爷爷情愿还是打在他身上好些。每当别盖依姨妈喊叫的时候，爷爷显得多么痛苦啊！但他又能做些什么呢？他想扑过去救女儿，奶奶却禁止他：“别去多管，他们自己会解决的。跟你老头子有什么相干？又不是你的老婆，你就在一边坐着吧。”“但她是我的女儿呀！”奶奶就说：“那么如果不是住在贴邻，而是住得很远，你怎么办？每一次都骑着马跑去劝架吗？这样，谁还会要你的女儿做老婆？”我说的奶奶，可不是原来那个奶奶。你，爸爸，大概不认识她。这是另外一个奶奶。亲奶奶在我还很小的时候就死了。后来就来了这个奶奶。我们这儿的天气常常是难以捉摸的：一会儿晴，一会儿阴，一会儿雨和雹。而这个奶奶也同样难以捉摸：一会儿和气，一会儿凶，一会儿又说不出她是怎么回事。她发脾气时，简直要吃人。我和爷爷就不吭声。她说，对于外人，不管怎样给他吃、喝，总不会有什么好处的。可我，爸爸，在那里根本不是外人。我一直和爷爷住在一起。她自己才是外人，她是后来才到我们这儿来的。可她却竟然把我叫外人。

冬天，我们这儿的雪一直积到我的脖子边。喔，那雪堆可真高！如果要到森林里去，只有骑着灰马阿拉巴希才行，它能用胸部推开积雪。这儿的风也很厉害，脚都站不稳。当湖上起浪的时候，当你的轮船东倒西歪的时候，你就可以断定，这是我们圣塔什的风在作怪。爷爷说过，很久很久以前，敌人的军队来过，想侵占这块土地。忽然从我们的圣塔什刮起了大风，敌人在马鞍上坐不住，纷纷下了马，但是步行也不行，风刮得他们脸上出血。他们只好扭转身背着风，而风就从背后赶他们，不让他们回头看一看，不让他们立定脚跟，并把所有的人一个不留地赶出了伊塞克库尔。这是过去发生过的事，而我们就住在这样的风口里。风是从我们这儿开始的。整个冬天，河对岸的森林在风里叫着、吼着、呻吟着。简直可怕得很。

冬天，森林里的事情不那么多。冬天，我们那儿简直就没有人，不比夏天有游牧的人来。夏天，我最喜欢那些赶着羊群和马群的人们在大草地上过夜。尽管他们第二天一早就要到山里去，但能跟他们在一起呆一会儿也是好的。他们的孩子和女人是坐卡车来的，有篷卡车上还装着其他的东西。等他们稍微安顿好了，我和爷爷就去问好。爷爷同每一个人握手。我也是。爷爷说，年纪小的人总是应当首先把手伸给年纪大的人。谁不伸出手去，谁就是不尊重人。爷爷还说，七个人中可能就有一个是先知。先知——这是非常善良、非常聪明的人。谁跟他握过手，就会成为终身幸福的人。我说：如果这样，这位先知为什么不自己承认他是先知，好让我们每一个人都去同他握手问好？爷爷笑了。他说，问题就在这里，先知自己也不知道他是先知，他是普通的人。只有强盗才知道自己是强盗。这一点我不完全懂，但我总是向人家问好，虽然我常常感到有些害臊。

当我和爷爷一起到草地上去时，我就一点也不感到拘束了。

“欢迎你们到祖先歇夏的地方来！牲畜和人都好吗？

小孩子们都好吗？”爷爷总是这样问。而我只是握握手。人人都认识爷爷，爷爷也认识他们。他的心情很好。他的话很多，他仔细询问来的人，也告诉他们有关我们生活的情况。我却不知道跟孩子们该说些什么好。后来，我们就玩起捉迷藏和打仗来了，玩得很开心，简直不想回家了。啊，如果一直是夏天，如果能一直和孩子们在草地上玩，该有多好啊！

我们玩的时候，大人们就点起了火堆。爸爸，你以为火堆烧起来之后，草地上就完全亮起来了吗？完全不！只有火旁边亮，而在一圈火光外面却比原来还要暗。我们玩打仗，就在这黑暗里躲藏和进攻，完全像在电影里一样。如果你是指挥员，大家都听你的。

大概，当指挥员是很开心的……

后来，月亮出来了。在月亮下面玩起来一定会更好，可是爷爷把我带走了。我们经过草地和灌木丛回家。羊群静静地躺着，马在四周放牧。我们走着，听见有人唱起了歌。像是个年轻的牧人，也可能是老头。爷爷止住了我：“听，这样的歌可不是常常听得到的。”我们站着，听着。爷爷叹着气，随着歌声不住地点头。爷爷说，过去曾经有一个汗俘虏了另一个汗。他就对做俘虏的汗说：“如果你愿意，你就活着做我的奴隶，或者我先执行你的一个最最神圣的愿望，然后把你杀死。”那个汗想了想，回答说：“我不愿意活着做奴隶。你还是杀死我好。但在这以前，请你从我的祖国随便叫一个牧人来。”“你要他干什么？”“我要在死之前听听他唱歌。”爷爷说，人们为了听一曲祖国的歌，宁愿献出自己的生命。真想看看这是一些什么样的人。大概，他们住在大城市里吧？歌儿很好听。爷爷说，这是古代的歌。“那时候的人多么好啊！他们唱的歌多么好听啊！我的上帝……”爷爷轻轻地说。不知道为什么，我变得这样地可怜爷爷，这样地爱他，简直想哭出来……清晨，草地上已经一个人也没有了。人们把马和羊赶到山里去，要在那里过一个夏天。但接着又从别的集体农庄来了另外一些放牧的人。如果在白天，他们不停留，径自走过去。如果是晚上，他们就得留在草地上过夜。于是我就又和爷爷一起去向人们问好。爷爷非常喜欢向人们问好，而我也学会了。可能，我会有一天在草地上碰到真正的先知……

到了冬天，阿洛斯古尔姨夫和别盖依姨妈就上城里去看医生。据说，医生能够帮助他们，给他们吃生小孩的药。但奶奶常常说，最好是到圣地去。圣地是在山那边田野里长满棉花的地方。那是一个平坦的地方，平坦得似乎连山也不应该有，而就在那里有一座圣山——苏来曼山。

据说，如果在山脚下杀一只黑羊祭上帝，在进山的路上一步一鞠躬，边走边祷告，哀求上帝，上帝就会发慈悲，给你一个小孩。别盖依姨妈很想到那儿去，到苏来曼山去，而阿洛斯古尔姨夫却不大愿意去。路太远了。他说，得花许多钱。因为只有乘飞机翻山越岭才能够到达那里，而去乘飞机又得走很多路，又得花钱……

姨妈他们到城里去了以后，护林所里的人就更少了，只剩下我们和我们的邻居——谢大赫玛脱叔叔、他的妻子古利江玛和他们的小女儿。这就是我们所有的人了。晚上，事情做完后，爷爷就给我讲故事。我知道，这时候屋子外面是非常非常黑、非常非常冷的夜。风吹得凶极了。甚至连最大的山在这样的夜里也害怕了，它们挤成一堆，尽量向我们的房子，向我们窗户上的灯光靠近些。我对于这一点感到又害怕又高兴。如果我是一个巨人，我一定要穿上巨人的皮大衣，走到屋外，大声地告诉它们："别害怕，山！我在这儿。尽管有风，尽管黑暗，尽管有暴风雪，我什么都不怕，你们也别怕。快回到原来的地方，不要挤成一堆。"然后，我就走过积雪，跳过河，到森林里去。树木在夜晚的森林中感到很害怕的。它们很孤独，没有谁对它们说任何一句话。光秃秃的树木在严寒中冻僵了，它们没有地方可以去靠一靠。而我就要在森林中走，拍拍每一棵树的树干，叫它们不要害怕。大概，那些春天不发绿的树木就是因为恐惧而僵硬了，以致后来成了枯树被我们当劈柴烧。

当爷爷给我讲故事的时候，我想着这一切。他讲得很长。有各种故事。还有好笑的，特别是关于那个名叫楚巴拉克的像指头般大的孩子的故事，更是有趣。馋嘴的狼吞吃了他，这可就倒了霉。不，起先是骆驼吃了他。楚巴拉克在树叶下面睡着了，一匹骆驼在旁边转，“哈普”一声就把他连同树叶一起吃了。所以人们常说：“骆驼不知道自己吞吃了什么。”就是这个意思。楚巴拉克开始喊叫起来，老头子们不得不把骆驼杀了，救出楚巴拉克。而狼发生的事比这更带劲。狼由于自己的愚蠢也把楚巴拉克吞吃了，后来却痛哭流涕，只能求饶。狼碰到了楚巴拉克，说：“一只什么小虫老在我脚下钻，真讨厌！我一眨眼就可以吞掉你。”楚巴拉克说：“别碰我，狼，否则我会叫你变成一条狗。”“哈哈，”狼大笑，“谁看到过狼变狗的？你这样无礼，我吃了你！”于是狼就吞下了他。吞下了就忘记了。但是从这天起，它开始倒霉了。只要狼一开始悄悄走近羊群，楚巴拉克就在它肚子里叫嚷：“喂，牧人们，别睡啦！这是我大灰狼偷羊来啦！”狼惊慌起来了，它拼命咬自己的腰，在地上打滚。可是，楚巴拉克还是不肯罢休。“喂，牧人们，上这儿来呀，打我，狠狠地揍我！”牧人们拿着棍棒来赶狼，狼吓得夹起尾巴直逃。牧人们奔跑着，心里觉得奇怪。狼发疯了，边跑边喊：“追上我吧，弟兄们，打吧，别心软！”牧人们笑得站也站不住，终于让恶狼跑掉了。但它并不就此轻松。不管走到哪里，楚巴拉克都不放过它。人们到处追逐它，到处嘲笑它。它饿瘦了，只剩下了皮包骨头。它唉声叹气地哀叫：“唉，这是一种什么样的惩罚呀？我干吗要叫自己倒霉？我老得发昏了，脑子不灵了！”这时，楚巴拉克在他的耳朵旁边轻轻地说：“你到塔什玛脱那儿去吧，他的羊肥！你到巴依玛脱那儿去吧，他的狗是聋的。你到艾尔玛脱那儿去吧，牧人在睡觉。”而狼一动也不动地坐在那里，伤心地哭道：“我哪儿也不去啦，我还是随便到什么人那儿去受雇，变条狗吧……”

爸爸，这是很有趣的故事，对吗？爷爷还有别的故事，忧愁的，可怕的，悲哀的。但我最心爱的是关于长角鹿母的故事。

爷爷说，每一个生活在伊塞克库尔的人都应该知道这个故事。谁不知道就是犯罪。也许，你知道这个故事吧，爸爸？爷爷说，这故事全是真的，从前曾经有过这样的事。说我们所有的人都是长角鹿母的孩子。我、你，所有别的人……我们冬天就是这么过的。冬天拖得很长，如果没有爷爷讲故事，整个冬天我会非常寂寞无聊的。

一到春天我们这儿可好了。当天气完全暖和起来的时候，牧人们又会到山上来。那时候，山上的人又多起来了。不过，在河那边再没有住得比我们更远的人家了。那里只有树林，以及树林里栖息的一切。因此，我们住在护林所，为的是不让任何人踏进树林一步，不让任何人乱动一根树枝。有时，有学问的人也到我们这儿来。有一次，两个穿长裤的妇女和一个小老头，还有一个年轻小伙子，在这里住了整整一个月。小伙子是跟来学习的。他们收集了许多草、树叶和树枝。他们说，像我们圣塔什这样的森林，在地球上不多了，可以说，完全没有了。因此，应该保护林中的每一棵树。

我爷爷是最爱惜每一棵树的。他非常不喜欢阿洛斯古尔姨夫拿松树木送人……

第三章
莫蒙·爷爷

白轮船驶远了。它的烟囱已在望远镜里分辨不清。轮船很快就要看不见了。小孩现在该给这一次在父亲轮船上的航行想出个结局来啦。

白轮船驶远了。它的烟囱已在望远镜里分辨不清。轮船很快就要看不见了。小孩现在该给这一次在父亲轮船上的航行想出个结局来啦。一切都想得很好，但就是这个收尾不大容易。他可以轻易地想象自己变成一条鱼，顺着河水游到湖里，白轮船向他驶来，他和父亲会面。他向父亲倾诉一切。但下面的事情就难办了。因为，譬如说，已经看到岸了。轮船向码头靠拢。船员们上岸各自回家。父亲同样也要回家。他的妻子和两个孩子在码头上等着他。这时候该怎么办呢？和父亲一起走吗？父亲会带他走吗？如果带他的话，妻子就一定会问他："这是谁啊？他从哪儿来的？他干吗来啦？"不行，最好还是不去……

白轮船越驶越远了，变成了隐约可见的小黑点。太阳已经沉到水面。从望远镜里看得很清楚，紫红色的湖面闪耀着耀眼的光芒。轮船开走了，消失了。白轮船的故事就此结束。该回家了。小孩从地上拾起书包，把望远镜夹在腋下，从山上像小蛇一样很快窜下山坡。离家越近，心里就越感到紧张。必须为牛犊嚼衣服这件事承担责任。除了受处罚之外，他什么也不想。为了给自己打气，他对自己的书包说："你不用怕，就把我们痛骂一顿好了。我又不是故意的。我一点也不知道牛犊会跑出去。看来，我会挨几下后脑勺，不过我能顶住。要是把你摔在地上，你也不用怕。你是书包，摔不坏的。要是望远镜落到奶奶手里，那就糟了。我们先把望远镜藏在板棚里，然后再回家……"

他就这样干了。畏畏缩缩地跨进了家门。

家里笼罩着一片令人戒备的沉静。院子里静悄悄的，空无一人，似乎人们都离开了这块地方。原来别盖依姨妈又挨她丈夫的揍了。莫蒙爷爷又得去劝住发狂似的女婿，这老人又得去哀告、恳求，拦住阿洛斯古尔的拳头，并且亲眼看到蓬头散发、嚎啕大哭的女儿被打得半死不活。他亲耳听到女婿当着他的面，当着亲生父亲的面，用最粗野的语言骂他的女儿。骂她是不会生育的母狗，该死的不产仔的母驴，还骂了各式各样的下流话。他还听到他的女儿可怕地发狂似地叫嚷，诅咒自己的命运："上帝不让我受孕，难道是我的错吗！世界上有多少女人像绵羊那样生育，而老天爷偏要诅咒我。这是为什么啊！为什么我是这样的苦命！最好你把我打死，你这坏蛋，打吧，打吧！……"

莫蒙老头悲痛地坐在角落里，喘着气，合上眼。放在膝盖上的两只手不住地哆嗦着。他的脸色非常苍白。莫蒙对外孙看了一眼，一句话也没说，又困倦地合上了眼。奶奶不在屋里。她去给别盖依姨妈和她的丈夫劝架去了，帮他们整理东西，收拾打破的食具。奶奶就是这样的：阿洛斯古尔打老婆的时候，她是不干预的，并且还不让老头儿去管。但打过以后她就去劝说、安慰他们。光是这样，也是值得感谢的。

小孩最可怜老头儿。在这样的日子里老头儿每次都几乎昏死过去。他自管坐在屋内角落里发呆，不和人见面，也不对任何人诉说自己的想法。在这样的时刻，莫蒙经常在想：他已经老了。他曾经有过一个儿子，可他在战争中牺牲了。现在已经谁也不知道他，谁也不记得他了。如果儿子还在，很可能，他的遭遇不至于像现在这样。莫蒙怀念自己已经过世的妻子，他和她曾经一起生活了很长时间。但最大的不幸是他两个女儿没有得到应有的幸福。小女儿把外孙扔给他后，跑到城里去了，现在带着儿女们挤在一间小房间里。大女儿在这里和阿洛斯古尔一起生活，受尽了折磨。虽然他，老父亲，在她身边，并且为了女儿忍受着一切，可是她做母亲的幸福还是遥遥无期。她和阿洛斯古尔一起生活已经有很多年了，而这种生活真使人厌烦，可是她能到哪儿去呢？以后又会怎么样呢？自己已经

他自管坐在屋内角落里发呆，不和人见面，也不对任何人诉说自己的想法。

是风烛残年，早晚要死的，可那时候，他那不幸的女儿又会怎样呢？

小孩赶忙大口地喝了一杯酸牛奶，吃了一块烤饼就静坐在窗边。没有去点灯，他不愿意打扰爷爷，让爷爷自己坐着想吧。他也想着自己的心事。他不理解，为什么别盖依姨妈用伏特加去讨好丈夫。尽管他用拳头对待她，而过后她又给他半升酒……唉，别盖依姨妈，别盖依姨妈！丈夫多少次把她打得半死，而她总是原谅他。爷爷也总是原谅他。为什么要原谅呢？不应该原谅这样的人。他是坏蛋，极可恶的人。这里不需要他。我们没有他照样过得去。

孩子冷酷无情的想象，生动地描绘出一幅公正的惩罚的图景：他们所有的人都扑向阿洛斯古尔，并把这个肥胖的、庞大的脏家伙拖向河边。然后，摆动几下就把他扔到泡沫四溅的波浪中去。而他则向别盖依姨妈和莫蒙爷爷求饶。因为他这种人是永远不会变成鱼的。

当他幻想着阿洛斯古尔怎样在河中挣扎，阿洛斯古尔的绒布帽子又如何在河中漂浮的时候，他感到轻松了一点，甚至感到很好笑。可是，令人悲哀的是，成年人却不按照小孩认为正确的那样去做。他们所做的恰巧相反。阿洛斯古尔回家时已经很有醉意了，大人们还是若无其事地迎接他。爷爷牵过他的马，老婆赶紧准备茶炊，就像专门恭候他似的，而他也就开始装腔作势起来了。开头是叹息、哭泣，他说：怎么能这样，每个人，甚至毫不中用的人，那种不需要握手问候的人，也有孩子，想要多少就有多少，五个，甚至十个。而他，阿洛斯古尔，什么地方比别人差？他有什么地方不够资格？或者职位不好听？上帝保佑，好歹是一名高级的护林巡查员！或者，他是什么流浪汉吗？可就算是茨冈人，也会生出小茨冈人来，一生就是一大堆。或者，他是个默默无闻、不受尊敬的人吗？不，他什么东西都有，一切都很优越。有马骑，手里有鞭子，人们遇见他也都很尊敬。然而，为什么跟他差不多年纪的人，孩子都已经要办喜事了，而他却竟然没有儿子，不能传宗接代？别盖依姨妈也在哭，忙了一阵，设法讨好丈夫，给他拿来了半升储藏着的酒。她自己也借酒浇愁，喝了起来。阿洛斯古尔突然兽性大发，把自己所有的愤恨都集中在自己老婆的身上。而她却总是原谅他，爷爷也原谅他，谁也不把阿洛斯古尔捆起来。早晨，他酒醒之后，老婆虽然浑身伤痕，却早把茶炊准备好了。爷爷也已经给马喂饱了燕麦，备好了马鞍。阿洛斯古尔喝够了茶，骑上马，依然是领导，圣塔什所有森林的主人。谁都没有想到，早就应当把阿洛斯古尔这样的人抛到河里去……

天黑了，夜来到了庭院。

给小孩买书包的这一天，就这样结束了。

睡觉的时候，小孩还没有想好把书包放在什么地方。最后，他决定把它放在自己的枕头边。这时候小孩并不知道，班级里几乎半数以上的学生都有这样的书包，这事他直到后来才知道。但这并不使他扫兴，他的书包仍旧是一只不寻常的、非常特别的书包。同样，这时候他还不知道，他那幼小的生命将会遇到什么样的新事件。他也不知道，将来会有那么一天，他将孤零零地一个人活在世上，同他一起的只有这只书包。而造成这一切的原因，全在于他所喜爱的关于长角鹿母的故事……

这天晚上他很想再听一听这个故事。老莫蒙自己也喜欢这个故事，他讲的时候就好像亲眼看到似的，不时叹息、流泪，沉默下来想着自己的事。

可是他不敢去惊动爷爷，他懂得现在爷爷没有心思讲故事。

“我们下次再请他讲吧！”他对书包说，“现在我自己给你讲长角鹿母的故事，就像爷爷那样一字不差地讲。我讲得很轻，谁也听不见，你好好听着。我喜欢讲故事，并且能够像看电影一样看到故事中的一切。爷爷说，这一切都是真的。从前曾经有过……”

第四章

长角鹿母的故事

事情发生在很久以前。在很古很古的时候，大地上森林比草还多、在我们的国土上水比陆地还多，那时，在一条宽阔、寒冷的河岸边，住着一个吉尔吉斯民族。

事情发生在很久以前。在很古很古的时候，大地上森林比草还多、在我们的国土上水比陆地还多，那时，在一条宽阔、寒冷的河岸边，住着一个吉尔吉斯民族。这条河叫做爱耐塞。它流得很远，一直流到西伯利亚。骑着马到那里去要走三年零三个月。现在这条河叫做叶尼塞，而在那个时候叫做爱耐塞。当时流传着这样一首歌：

有没有比你更宽阔的河流，爱耐塞？
有没有比你更亲切的土地，爱耐塞？
有没有比你更深重的苦难，爱耐塞？
有没有比你更自由的意志，爱耐塞？
没有比你更宽阔的河流，爱耐塞，
没有比你更亲切的土地，爱耐塞，
没有比你更深重的苦难，爱耐塞，
没有比你更自由的意志，爱耐塞。

爱耐塞就是这样一条河流。

那时候在爱耐塞河畔有各种各样的民族。他们生活很困难，因为他们经常处于互相敌对的状态。许多敌人包围着吉尔吉斯族。一会儿这一批敌人来进攻，一会儿另一批敌人来进犯；或者吉尔吉斯人自己去侵袭别人，偷盗牲畜、烧毁房子、杀人如麻。能杀多少人就杀多少人——就是那样的时代。人不怜惜人，人消灭人。闹到了这种地步：再没有人去种田、放牧、打猎。倒是靠掠夺为生更容易些：来到这个地方，杀人，把东西抢走。可是，杀人必须以更多的血来偿还，仇恨必须以更大的仇恨来报复。长此以往，血越流越多。人们失去了理智。谁也不肯同敌人妥协。凡是能够出其不意地袭击敌人，把别的民族杀得一个不剩，把牲畜和财富抢劫一空的人，就被认为是最聪明、最优秀的人。

森林里出现了一只奇怪的鸟。每天夜里，直到天亮，总是唱着歌，哀泣着，在树枝上跳来跳去，用人的声音如怨如诉地叫道："大祸临头！大祸临头！"这句话真的应验了，那可怕的一天来到了。

那天，吉尔吉斯人在爱耐塞河岸上给自己的老首领送葬。老首领古利契勇士当过多年统帅，进行过多次征战，在战斗中出生入死。他从未在战争中受过伤，但他的死期终于来到了。整整两天同族人沉浸在极大的悲痛中，第三天就忙着准备埋葬勇士的尸体。按照古老的风俗，首领的遗体应当葬在爱耐塞河岸边的悬崖峭壁上，为的是让亡灵可以从高处向母亲爱耐塞河告别，要知道，“爱耐”是母亲的意思，而“塞”是河流的意思。为的是让他的灵魂最后一次唱出关于爱耐塞的歌：

有没有比你更宽阔的河流，爱耐塞？
有没有比你更亲切的土地，爱耐塞？
有没有比你更深重的苦难，爱耐塞？
有没有比你更自由的意志，爱耐塞？
没有比你更宽阔的河流，爱耐塞，
没有比你更亲切的土地，爱耐塞，
没有比你更深重的苦难，爱耐塞，
没有比你更自由的意志，爱耐塞。

在安葬的小山上，在打开的坟墓边上，要把勇士抬过头顶，让他看看四方：“这是你的河，这是你的天，这是你的土，这是我们，跟你在同一个根上生长起来的人。我们都来送你来啦，你安息吧！”在勇士的坟墓上竖起了一块大石碑，留给后代作为纪念。

在安葬的日子里，全族的帐篷沿着河岸摆成一排，以便每一家都能够在自己的家门口同勇士告别。当抬着勇士遗体出殡的时候，每一家就把哀悼的白旗降到地上，边诉边哭，然后同大家一起继续走到下一个帐篷，那里也是一边哭一边诉说，降下同样的白旗。这样一直走到安葬的小山上。

那天早晨，太阳升起。一切都准备好了。旗杆上挂起了带着马尾的麾，挂起了勇士作战用的盔甲、矛和盾；他的马披上了送葬的马披；号手准备吹奏战斗号角盖尔涅依；鼓手则准备敲起得布尔巴斯鼓。一旦鼓角响起，树林就将摇摆；鸟儿将成群地飞向天空，啾啾唧唧地绕着圈子飞翔；野兽将发出奇怪的吼声在森林里到处奔跑；青草将紧紧贴着大地；山谷将发出隆隆的回声；连高山也将为之颤抖。哭灵的女人们松开头发，准备流着眼泪歌颂古利契勇士。骑士跪下一条腿，准备在结实的肩上抬起勇士的遗体。在林边的树上，还拴着献祭用的九匹母马，九头公牛和九九八十一只羊。一切都准备好了，就等着勇士出殡。

这时候，意外的事情发生了。住在爱耐塞河畔的人们无论怎样敌对，在给首领送葬的日子里是不会与邻族交战的。但这回竟有一大帮敌军，出其不意地把深陷在悲痛里的吉尔吉斯人围困在宿营地。拂晓，敌军从埋伏地进行突然袭击，从四面八方包围上来。这一下，谁也来不及骑上马鞍，谁也来不及拿起武器。一场空前的血腥大屠杀开始了。无数的人被杀死。敌人正是这样谋划的：要用突然一击把勇猛的吉尔吉斯族统统消灭干净。他们把所有的人挨个儿杀死，为的是叫任何人都不记得这一暴行，任何人都不再能报复；为的是让时间像流沙一样掩盖过去的痕迹，让曾经存在过的一切都变得无影无踪……

要叫一个人出生和成长，需要很长时间，可是要杀死一个人，只要一瞬间。许多被杀的人躺下了，浸在血泊里；另有许多人跳入河中，他们从剑、矛下面脱险，但却在爱耐塞河的激浪中溺毙。沿着河岸，沿着悬崖峭壁，被火焰包围着的吉尔吉斯帐篷还在熊熊燃烧，蔓延整整一俄里。没有一个人来得及逃跑，没有一个人幸存。一切都被破坏、烧毁了。牺牲者的尸体从悬崖上被抛入爱耐塞河中。敌人欢呼："如今这些土地是我们的了！如今这些森林是我们的了！如今这些牲畜是我们的了！"

敌人带着丰富的战利品走了，他们却没有发现从森林里走回来两个小孩，一男一女。这两个不听话的、淘气的孩子，一清早就偷偷地从父母身边溜到附近森林里去剥树皮做小篮子。他们玩得入迷，不知不觉走到密林深处。当他们听到大血战的吵闹声和叫喊声急忙往回走时，他们已经永远失去自己的父母、兄弟和姐妹了。孩子们落得无亲无故，哭着在废墟上跑来跑去。周围一个人影也没有，他们一下变成了孤儿，仿佛整个人间就只剩下了他们两个。远处，扬起了团团尘土，敌人正把抢来的马群、牲畜赶往自己的领地去。

孩子们看到牲畜奔跑时扬起的尘土，就跟着追上去。他们边哭边叫地跟在凶恶的敌人后面跑着。这也只有孩子才能这样做。他们不躲开杀人者，反而去追赶敌人。他们只想不要孤零零留下来，只想离开这个被毁灭了的、被诅咒的地方。他们手挽手地跑着、追着，要求敌人等等他们，带他们一道走。但在喧闹声中，在马的嘶叫和马蹄声中，在狂热的驱赶牲畜声中，敌人哪能听见他们微弱的声音呢!

男孩和女孩在绝望中跑了好久，怎么也赶不上敌人，终于跌倒在地上。他们不敢朝周围张望，一动也不敢动。他们胆怯地依偎在一起，不知不觉睡着了。

常言说：孤儿逢凶化吉——这句话不是没有道理的。夜间平安无事，野兽没有碰他们，林中怪物没有把他们拖去。当他们醒来时，已经是早晨。太阳照耀着，鸟儿在叫。孩子们爬起来继续顺着驱赶牲畜的足迹慢慢走去。沿路他们采些野果和菜根充饥。他们走呀走呀，到第三天，跑到了山上。一看，山下面，在宽阔的绿色草地上正举行着盛大的宴会。数不清的帐篷搭在那里，数不清的火堆在冒烟，数不清的人围着火堆。姑娘们唱着歌在秋千上摇晃。

为了使大家高兴，大力士在表演，像鹫那样盘旋着，互相往地上摔。

这是敌人在庆贺自己的胜利。

男孩和女孩站在山上，不敢下去，但心里真想跑到火堆边，那里的烤肉、面包和野葱香味太吸引人了。

孩子们再也憋不住，从山上走了下去。主人们对外来人非常惊奇，一帮人围着他们：

"你们是谁？从哪儿来？"

"我们饿得慌，"男孩和女孩回答说，"给我们一些吃的吧！"

主人们从他们的口音中听出了他们是谁，开始喧嚷起来。人们在争论：是马上杀死这两个没有灭绝的敌人的种子，还是先送到汗那里去？在嘈杂的争论声中，一个慈悲心肠的女人塞给了孩子们一块烤马肉。人们把两个孩子拉到汗那里去，而孩子们还是放不下手中的马肉。他们被带进一个高大的红色帐篷，门口站着手执银色斧钺的卫兵。这两个吉尔吉斯族孩子不知道为何给大家带来的不安的消息，立即传遍了宿营地。这件事可能会引起什么后果？

大家停止了娱乐和吃喝，一大堆人跑到汗的帐篷跟前来。这时，汗正同那些显要的军人端坐在雪白的毡毯上，喝着调有蜂蜜的马奶酒，听着颂歌。当汗知道人们的来意时，他暴跳如雷："你们竟敢来打扰我？难道我们没有把吉尔吉斯族斩尽杀绝吗？难道我没有让你们永远做爱耐塞的统治者吗？你们跑来干嘛，胆小鬼！你们看看，坐在你们面前的是什么人！喂，麻脸瘸腿婆婆！"汗叫道。当她从人群中走出来时，他对她说："把孩子带到森林里去，你要做到让吉尔吉斯族统统完蛋，一个不剩，吉尔吉斯族的名字永远被人遗忘。走吧，麻脸瘸腿婆婆，照我的命令去做……"

麻脸瘸腿婆婆默默地听从汗的命令，牵着男女小孩的手走开了。他们在森林里走了很久，后来走到爱耐塞河边很高的悬崖上。麻脸瘸腿婆婆在这里叫孩子们停下，让他们紧挨着悬崖边沿站着，在把他们推下悬崖之前，她说道：

"雄伟的爱耐塞河啊，如果把山抛进你的深处，山就像一块石头沉下去；如果把百年松树抛下去，也不过像冲走一块木片。现在，请你接受自己的两粒小砂子——人的两个孩子。人世间没有他们的安身之处，这还用得着我对你说吗，爱耐塞？如果星星都变成人，他们也不会把天空挤满；如果鱼都变成人，他们也不会把河和海挤满。还用得着我对你说吗，爱耐塞？把他们拿去吧！把他们带走吧！让他们带着没有被诡计和暴行所染污的纯洁的童年心灵，离开我们这个令人厌恶的世界，为了不让他们知道人间的苦难和不使别人遭到痛苦。把他们拿去吧，把他们拿去吧，伟大的爱耐塞！……”

孩子们嚎啕大哭。他们无心听老太婆的话。从悬崖上，他们看到下面河水深处，激浪翻滚。

“孩子们，最后一次拥抱告别吧！”麻脸瘸腿婆婆说。她卷起袖子，以便把他们从悬崖上推下去更顺当些。“原谅我，孩子们。你们命该如此。我做这件事不是出于自愿，但也是为了你们好……”

她的话音未落，忽然听到后面传来了说话声：

“等一等，贤惠的女人，不要杀害无辜的孩子。”

麻脸瘸腿婆婆回头一看，奇怪得很：发现面前竟站着一只长角鹿母，它那一双大眼睛带着责备和哀愁瞅着麻脸瘸腿婆婆。它全身白净，白得就像生头一胎的母亲的奶一样，就是肚子上有点像小骆驼那样的褐色绒毛。它的角很美：就像秋天繁茂的树枝，而它的乳房是那样的洁净、光滑，就像喂奶的妇女的胸脯。

“你是谁？你为什么讲人话？”麻脸瘸腿婆婆问道。

"我是鹿母，"它回答，"我讲人话是因为讲别的话你听不懂，怕你不听。"

"你想干什么呢，鹿母？"

"放掉孩子，贤惠的女人。我请求你把他们交给我。"

"你为什么要他们呢？"

"人们把我的双生子，两只小鹿打死了，我为自己找寻孩子。"

"你打算抚养他们吗？"

"是的，贤惠的女人。"

"可是，你好好考虑过吗，鹿母？"麻脸瘸腿婆婆笑着说，"要知道，他们是人的孩子，他们长大了会把你的小鹿杀死的。"

"不，他们长大以后不会杀死我的小鹿的，"鹿母回答说，"我是他们的母亲，而他们是我的孩子，难道他们会杀死自己的兄弟姐妹吗？"

"唉，别说了，鹿母，你不了解人。"麻脸瘸腿婆婆摇摇头，"他们连林中的野兽都不如，他们之间是互不怜惜的。我可以把这两个孤儿给你，以后你自己会知道我的话是对的。而且，就是这两个孩子，人们也会从你手里把他们杀死的，何必去找这个痛苦呢？"

“我把孩子带到很远的地方去，那里谁也找不到他们。可怜可怜孩子吧，贤惠的女人，放了他们吧！我将是他们忠实的母亲。我的奶水充足，可以分给孩子们吃，我的奶水需要他们吃。”

“好，那么就这样吧，”麻脸瘸腿婆婆想了想，说道，“快把他们带走，带到远方去吧！但如果他们在漫长的路上死掉了，如果遇到强盗把他们杀死了，或者，如果这两个人类的孩子日后恩将仇报的话，你只能怨你自己。”

鹿母向麻脸瘸腿婆婆道了谢，转身对孩子们说道：

“现在我是你们的母亲，你们是我的孩子。我把你们带到远方去，那里，在长满密林的雪山中间，有一个激浪滚滚的海——伊塞克库尔。”

男孩、女孩高兴极了，机灵地跟在鹿母后面奔跑。可是，不多久他们就累了，没有力气了，而路还很长，从大地的这一边到另一边，远着呢！要不是鹿母用自己的奶喂他们，夜间用自己的身子暖他们，他们早就走不动了。他们走了很久，把爱耐塞故乡远远抛在后面，可是离新的住地——伊塞克库尔，还是很远。春夏秋冬。又是春夏秋冬。又是春夏秋冬。他们穿过沉睡的森林，沿着酷热的草原、流动的沙地，翻越崇山峻岭，渡过汹涌的河流。一群狼追赶他们，但鹿母让孩子们骑在自己背上，带着他们避开了残暴的野兽。猎人们带着箭骑在马上追赶他们，连声叫道："鹿把人的小孩抢走了！拦住它！抓住它！"并且跟在后面放箭，但鹿母带着两个孩子逃离了他们，逃离了这些不速之客。它跑得比箭还快，不时小声地说道："抱紧些，孩子们！他们追上来了！"

鹿母终于把两个孩子带到了伊塞克库尔。他们站在山上，觉得非常惊奇，周围是雪山，在长满绿色森林的山中间，在目力所及的地方翻腾着大海。蓝色的海面上，白浪滚滚，风吹着浪花，不住地把波浪吹向远方。伊塞克库尔究竟从哪里开始，到哪里结束——不知道。这一边太阳已经升起来了，另一边却还在夜间。数不清有多少山围着伊塞克库尔，也猜不出在那些山的后面还有多少这样的雪山耸立着。

"这就是你们新的家乡。"鹿母说，"你们就住在这里，种田、捕鱼、放牧。你们就在这里和平地住上一千年，传宗接代，让后代不要忘记你们带到这里来的语言，让他们愉快地用自己的语言说话和唱歌，像别人那样生活。我要跟你们以及你们的子孙永远在一起……"

就这样，男孩和女孩，吉尔吉斯族的最后两个人在美好的和永恒的伊塞克库尔给自己找到了新的家乡。

光阴如箭。男孩长成了结实的男子汉，女孩子已经是成熟的妇女。于是他们结婚，成为夫妇。长角鹿母没有离开他们，就住在这儿的森林里。

有一次，黎明时分，伊塞克库尔突然咆哮起来了，轰轰作响。女人要临产了，她非常痛苦。男人害怕了，跑到山岩上，大声叫道："长角鹿母，你在哪儿？你听到吗，伊塞克库尔在喧嚷？你的女儿要生产了，快来吧，长角鹿母，帮助我们……"就在这时，从远处传来抑扬婉转的声音，好像商队的铃声。那个声音越来越近，长角鹿母跑来了，它的角上挂着一只小孩的摇篮——别舍克。别舍克是用白桦木做的，弧形的柄上面有一只银铃在响。直到现在，那只铃还在伊塞克库尔的别舍克上响着。母亲摇着摇篮，银铃叮当作响，仿佛长角鹿母在角上挂着白桦摇篮急急忙忙地从远处赶来……

鹿母刚刚赶到，女人就生产了。

"这只别舍克是给你的头生孩子的，"鹿母说道，"你们将有很多孩子，七个儿子，七个女儿！"

父母都很高兴，为了纪念鹿母，给头生孩子取名为布古拜。布古拜长大了，娶了基普恰克族的一个美女，于是布古族——长角鹿母族兴旺了。布古人成了伊塞克库尔最大、最强盛的一族。布古人像敬重圣贤一样敬重长角鹿母，在布古人的帐篷入口处绣了一种标记——鹿角。这样，从远处一看就知道，这个帐篷是属于布古族的。当布古人击退敌人进攻的时候，跟异族人赛马的时候，总是喊着“布古！”——结果，总是布古人成为胜利者。那时候在伊塞克库尔森林里有不少长角白鹿跑来跑去，它们的美丽连天上的星星都要羡慕。这就是长角鹿母的孩子们。谁也不去碰它们，谁也不惹它们生气。看到鹿来了，布古人跳下马来给它们让路。可爱的姑娘总是同白鹿比美丽……

这种情况一直持续到一个非常富有的、很有地位的布古人死去的时候。这个布古人有成千上万只羊，成千上万匹马，周围所有的人都是他的牧人。他死后，儿子们为他举办盛大的丧宴，他们从四面八方邀请了最有名的人物出席丧宴。他们沿着伊塞克库尔湖岸为客人们搭起了上千顶帐篷。宰了不知多少牲口，喝了不知多少马奶酒，端上了不知多少喀什噶尔食物。富人的儿子们神气地走着：让人们都知道，父亲死后，他的继承者们是多么富有和慷慨，他们是怎样敬重他，怎样怀念他……（“哎—哎，我的儿子，如果人们炫耀的不是智慧而是财富，那就糟了！”）

歌手们骑在死者儿子赠送的马上，自豪地穿戴着送给他们的黑貂皮帽和绸长袍，争先恐后地颂扬死者和他的继承者们：“在太阳下面，你可曾看到过这样幸福的生活，这样豪华的丧宴？”其中一个唱道。

“开天辟地以来从来没有过。”第二个唱道。

“什么地方都不曾见过，只有在我们这里才这样尊敬双亲，追忆双亲的荣誉和光荣，敬重他们神圣的名字。”第三个唱道。

“哎，饶舌的歌手，你们在这里嚷嚷什么呀！难道天下还有跟这样的恩惠相配的词句吗，难道有跟亡者的光荣相配的词句吗？”第四个唱道。

就这样，他们日日夜夜在赛歌。（“哎—哎，我的儿子，如果歌手进行吹捧比赛，从歌手变成歌的敌人，那就糟了！”）

那个有名的丧宴像节日那样经过了许多天。富人的傲慢不逊的儿子们很想胜过别人，压倒世上所有的人，让他们的名望传遍天下。他们想在父亲的坟上安置一对鹿角，让大家知道，这是出身于长角鹿母族的他们光荣祖先的墓穴。（“哎—哎，我的儿子，古时候人们说过，财富产生傲慢，而傲慢则产生狂妄。”）

富人的儿子们想以这种空前的尊敬来悼念父亲。他们说了就要做，谁也不能阻止他们。于是，他们派了猎人出去，打死了鹿，砍下它的角。左右伸展的鹿角，就像飞翔的鹰的翅膀一样。富人的儿子们很喜欢这鹿角：每只鹿角上有十八个枝杈，就是说，这鹿已满十八岁啦。好鹿！他们就吩咐匠人把鹿角放置在坟墓上。

老人们都很愤怒：

“有什么权利打死鹿？谁敢动手杀死长角鹿母的后代？”

而富人的继承者们回答他们：

“鹿是在我们的土地上被打死的。凡是在我们领地上跑的、爬的、飞的，从苍蝇到骆驼都是我们的。我们自己知道我们应当如何对待自己的东西。滚开！”

仆人们用鞭子抽打这些老人，叫他们屁股朝前骑在马上，侮辱他们，把他们赶走。

从此，不幸开始落到了长角鹿母后代的身上。几乎每个人都要在森林里猎鹿，每个布古人都认为在祖先的坟上放置鹿角是十分光荣的。现在，这个事情已经成为悼念死者的特别好和特别尊敬的方式了。现在，谁不能取得鹿角，谁就是不体面的。人们开始买卖鹿角，储存鹿角。在长角鹿母族中出现了这样的人，他们以猎取鹿角卖钱为职业。（“哎—哎，我的儿子，金钱万能的地方，就不会听到好话，不会看到美丽。”）

在伊塞克库尔森林里，鹿的覆灭命运终于来到了。人对它们毫不留情，即使鹿跑到了深山峭壁，也照样被人捕获。人们放出一群猎狗，把鹿赶到埋伏着射手的地方，无左右伸展的鹿角，就像飞翔的鹰的翅膀一样。好鹿！他们就吩咐匠人把鹿角放置在坟墓上。从此，不幸开始落到了长角鹿母后代的身上。

一漏网。人们把鹿成群地打死，糟蹋。他们甚至还打赌，看谁能取得角上枝杈多的鹿角。

鹿没有了，山空了。无论在夜间还是早晨，再也听不到鹿的叫声了。森林里、草地上，再也看不到它们吃草、跳跃，再也看不到它们把角仰到背上，飞鸟似的一下掠过深渊……无数的人生出来，成长着，但一生中一次也没有见到过鹿，只是听到过鹿的故事，看到过坟墓上的鹿角。

长角鹿母怎么样了？

它生气了，它对人们非常生气。据说，当鹿在枪弹和猎狗的淫威下完全不能生存的时候，当只剩下屈指可数的几只鹿的时候，长角鹿母登上了高山的顶峰，告别了伊塞克库尔，带着自己最后的几个孩子到别的地方去了，到别的山上去了。

世上的事情就是这样的。这就是全部故事，信不信由你。

当长角鹿母离开的时候，它说，它再也不回来了……

第五章
鹿回来啦

秋天又来到了山区。喧闹的夏天过后，一切转入秋天的寂静。周围驱赶牲畜的尘土平息了，火堆熄灭了。牧群准备过冬，人们离开了，山也空了。

秋天又来到了山区。喧闹的夏天过后，一切转入秋天的寂静。周围驱赶牲畜的尘土平息了，火堆熄灭了。牧群准备过冬，人们离开了，山也空了。

老鹰不再成群地飞，它们的叫声也稀少了。河里的水闷声闷气地在翻滚着。夏天里，河水涨满河床，这时候河流也变狭了，变浅了。青草枯萎了，不长了。树叶贴在树枝上太长久了，纷纷落下来。

在最高的山顶上，夜间已经下过银色的初雪。拂晓前，一排黑压压的山脊变成了灰白色，好像黑狐狸的后颈。

山谷里的风已经变得冷起来了，可是白天还是明朗而干燥的。河那边，护林所对面的森林很快就进入了秋天。从河边起，一直向上，到黑松林的边缘，沿着陡峭的山坡，秋天染红了整个森林，像无烟的火海一样蔓延着。颜色最鲜艳、生长得最顽强的是火红色的和紫红色的白杨林和白桦林，它们一直延伸到大森林的积雪的高处，黑沉沉的松树和云杉的王国边缘。

在针叶树林里，同往常一样，洁净、严肃，就像在教堂里似的。

棕色坚硬的树干挺立着；林间充满着干燥的树脂气味；褐色的针叶落在地下，遍地都是；风在老松树的树梢中间悄悄吹过。

可是今天，从早晨开始，山上吵吵嚷嚷的喧闹声一直不停。一大群寒鸦大声地叫着，不断地围绕松林飞转，它们一听到斧头的声音，就惊慌不堪，它们争先恐后地叫着，就像在光天化日之下遭人抢劫似的。它们的眼睛直盯着刚砍完松树走下山去的两个人。

木头拖在挽具的链条上。阿洛斯古尔走在前头，拉着缰绳，牵着马。他弯腰走着，外套不断地钩住灌木丛中的树枝，沉重地喘着气，就像一头牛在耕田。在他后面，木头后面，莫蒙爷爷气喘吁吁地紧跟着。在这样高的地方，老头也感到很吃力。他手里拿着一根桦树棍子，这是他用来在路上撬木头的。挽具上拖着的木头常常一会儿扎到树根上，一会儿撞到石头上。一旦它从斜坡上横着滚下去，那时就不可避免地要把前面的人压死。

本来，用木棍子撬着木头走的人，更加危险。但什么事都是可能发生的：阿洛斯古尔几次惊慌地从挽具那儿跳开去。而每当他看到老头儿冒着生命危险，在斜坡上撑住木头，等着他回到马旁边拉住缰绳时，他就感到这是对自己的一种侮辱。正如俗话说的：要给自己遮羞，就得羞辱别人。

“你怎么啦，想送我上西天吗？”阿洛斯古尔对老丈人大声叫道。

周围一个人也没有，谁也不会听到阿洛斯古尔这句话而责备他不该这样对待老人！莫蒙怯生生地解释说，他自己也可能被压在木头底下的，为什么要这样骂他呢，好像是他故意要这样做似的。

但这些话更加激怒了阿洛斯古尔。

“你是什么东西！”他怒气冲冲地说，“你撞死了倒没什么，反正活够了。你怕什么？可我摔死了，谁还要你的女儿？谁要她这种不生育的女人，没出息的婆娘……”

“我的孩子，你真是个难弄的人，你对人不尊重。”莫蒙回答道。

阿洛斯古尔停了下来，把老头打量一番，说：

“像你这样的老头子早该在炉灶旁边躺着，用炉灰来烤屁股了。可你，好歹总还是领到工钱。你的工钱是从哪里来的？还不是靠我！你还要什么样的尊重？”

“好，算了，我是顺便说说的。”莫蒙屈服了。

他们继续走着，克服重重困难翻过了一个高地，停在坡地上休息。马已经累得汗水淋淋，全身湿透了。

寒鸦没有恢复平静，还在那里绕圈飞转。它们数量很多，不停地叫着，好像下了决心，今天一整天就这么叫着。

“寒鸦预料到今年冬天来得早。”莫蒙岔开去讲点别的，想给阿洛斯古尔消消怒气。“它们飞来飞去，不喜欢人们去妨害它们。”他又补充了一句，像是对这些没有理智的鸟道歉似的。

“谁妨害它们？”阿洛斯古尔猛的回过头来，脸孔又突然通红起来。“你又在讲胡话了，老头儿！”他用威胁的口气压着嗓门说。“哼，”他自忖道，“他说话带刺！怎么，为了几只寒鸦，松树都不能碰了，树枝也不能折了？休想！我毕竟还是这里的主人。”他用凶恶的眼光望着喧嚷的鸟群。

“唉，有支机关枪多好啊！”他转过脸，下流地大骂起来。

莫蒙一声不响。他厌恶女婿骂娘。“又发作了，”他忧伤地想，“喝醉了就兽性暴发，酒醒以后，你同他也没有什么可说的。为什么人要变成这个样子？你对他善，他对你恶。既不害羞，也不反省，似乎就应该这样。他总认为自己是对的。他只图自己舒服，周围的人都应该讨好他。你不愿意，他也要逼着你去逢迎他。幸亏这种人是在山里、森林里，他手下只有那么几个人。要是给他更大的权力呢？但愿上帝保佑……这种人多得很，总是能把想要的东西弄到手，你任何时候也躲避不了这种人，他到处等着你，寻找你。为了让自己称心如意地生活，他可以折腾得你受不了；可他还是对的。是啊，这种人实在太多了……”

“得啦，休息得够了，”阿洛斯古尔打断了老头的沉思。“走吧！”他命令道。于是他们又继续向前走去。

今天打从清早起阿洛斯古尔情绪就不痛快。早晨，当他们应当带着工具渡河到对岸森林里去时，莫蒙却忙着要送外孙上学去。真是发昏了！他每天早晨总要备好马送孩子去上学，放学时又要骑马把孩子从学校里接回来。几乎成天忙着为这个被人抛弃的私生子张罗。说什么上学不能迟到，可这里还有事呢，上帝知道结果会怎么样——难道这种事情能够等吗？行吗？老头还说：“我马上就回来，如果小孩子上课迟到，见了女教师会不好意思的。”他居然见了这种人会害臊！傻瓜！她是什么东西，这个女教师？五年中就老是穿着那么一件大衣。你就看到她夹着练习簿，拿着提包……老是在路上跑，她老是到区里去要东西，她老是缺少点什么东西，一会儿申请要学校用的

他每天早晨总要备好马送孩子去上学，放学时还要骑马把孩子从学校里接回来。

煤，一会儿又要玻璃，再就是粉笔，甚至抹布。难道好好的女教师会到这样的学校里去教书吗？难怪人们把学校叫做“侏儒学校”，她倒真是长得矮小。她有什么用？真正的教师在城里！学校是玻璃造的，教师都戴领带。可是那是在城里……那里有首长坐着汽车沿街跑。那是什么样的汽车呀：黑色的、闪闪发光，走起来平平稳稳。看到它，你不由得要停下来，站得笔直地等它开过去。可是他们，城里人，却好像没有发觉这些汽车似的，他们没时间——总是匆匆忙忙地奔到什么地方去。就在那里，在城里，生活才像生活的样子！要是能到那里去，在那里找到个工作，该多么好啊！那里，人们善于按照职位尊敬人。如果有了地位，就必然受到尊敬。职位越高，越受人尊敬，真是文明人。在那里不必因为吃了人家几顿饭，或者收了什么礼物，就去拖些木头送人或做其他诸如此类的事。不像在这里，只要给你五十个卢布，最多一百个，人家就可以把木头运走，甚至还要抱怨你：阿洛斯古尔贪污，这样那样……真是愚昧无知！

是啊，到城里去该多么好……唉，这些山、这些森林和这些木头，这些该死的东西，还有不会怀孕的老婆，没有脑筋的老头和他那当作宝贝看待的狗崽子，统统见鬼去吧！唉，要是真能到城里去，那我就像在燕麦田里吃饱了的马，真要高兴得跳起来啦！那时人们会尊敬地问我："阿洛斯古尔·勃拉任诺维奇，让我到您办公室里坐一会好吗？"我要在那里娶个城里人做老婆，为什么不可能呢？譬如说娶个演员、美女，会唱歌，手里拿着麦克风边唱边跳的。据说，对她们来说，主要的是要有职位。那时候，我将系着领带，手挽美女，一块儿到电影院去。她穿着高跟鞋"嚓嚓嚓"地走着，身上香气扑鼻，过路人都伸长了脖子。看吧，会生出来一大堆孩子。儿子学法律，女儿弹钢琴。城里的孩子都是出色的、聪明的。在家里大家都只讲俄语，他们才不会把乡下土话塞满脑袋呢。他要这样教育自己的孩子，让他们说："好爸爸，好妈妈，我要那个，我要这个……"难道对自己的孩子还有什么舍不得的吗？哎，他比许多人都强得多，他尽可以显示一下自己。他什么地方比不过人家呢？那些上司难道比他强吗？还不是像他一样的人，不过他们走运，他不走运罢了。幸福躲开他，可这也要怪自己不好。林业训练班毕业后应当到城里去，到技术学校或到学院去。可他操之过急，给职位吸引住了，虽然很小，但毕竟是个职位。现在就只能去爬山，拖木头啦，像头骡子一样！……而这里还有这些寒鸦，叫什么呢，转什么圈呢？唉，能有支机关枪就好了……

阿洛斯古尔不愉快是有原因的。夏天过去了，秋天来了，到牧人们那里作客的时期也都同夏天一起过去了，就像歌里唱的：“高山牧场里花已谢了，应该到山下去了……”

秋天到了。阿洛斯古尔必须为人家给他的荣誉，吃过的饭，欠下的债，许下的诺言清清账了，甚至还得为吹牛说大话清清账：“你要什么？两根松树原木做天花板梁，只要这么一点？有什么可讲的，你来，搬走就是了。”

那时候闲聊、接受礼物、喝酒。而现在，喘着气、流着汗，骂世上的一切，拖着这些原木在山上走。木头在他旁边滚着。是啊，他的整个生命也将这样滚过去。突然，一个冒险的念头在他脑海中闪过：“唾弃一切，离开这儿，随便到哪儿去。”但他马上明白：他没有什么地方可去，谁也不需要他，再说，他哪儿也找不到他所向往的那种生活。

一旦他离开这里，或者不履行诺言，那些朋友准会出卖他的。

什么朋友，都是些坏蛋！前年，为了自己的布古同族送来的羊羔，他答应，要给他松木。但到了秋天，他真懒得上山伐树。这说说容易，你倒试试看！费了九牛二虎之力，好不容易才走到山上，还要锯、还要拖，真够呛！如果你想要采伐十年以上的老松，你不妨搞一阵试试看！

无论为了什么样的金子，你也不愿干这种活儿的。再说，那几天正巧莫蒙老头病了，躺在床上。独个儿去是干不了的——无论是谁，一个人是一辈子也不可能把木头运下山去的。他或许能把松树砍倒，但肯定无法拖下山去……当然，要是预先料到这一点，他早就同谢大赫玛脱两人把松木运下山来了。但他实在是懒得爬山，他决定随便拿一根树木把亲戚搪塞过去算了，可那个亲戚怎么也不干，非要真正的松木不可，而且马上要。他还说："羊羔你倒拿去了，可你讲出来的话就不算数？"阿洛斯古尔火冒三丈，把他赶了出去："你不想要就给我滚！"那小子可精明呢！他马上写了一份对圣塔什禁林护林巡查员阿洛斯古尔·勃拉任诺维奇的控诉书。他写得有真有假，添油加醋，还说什么应该把阿洛斯古尔——"社会主义森林的破坏者"枪毙。就这样，阿洛斯古尔被区和林业部的各种各样审查委员会拉去搞了好久，好不容易才摆脱掉……哼！什么亲戚！还讲什么"我们都是长角鹿母的孩子，我为人人，人人为我！"全是胡说八道！什么鹿，见他的鬼！为了一个戈比，相互之间就要掐脖子，还要把对方送进监狱去呢！只有古时候的人才相信长角鹿母，那时候，人们愚蠢和无知到什么程度，真可笑！而今大家都是有知识的文明人了，谁还相信这一套！那些关于鹿的故事都是讲给小孩子听的。

自从那件事情发生后，阿洛斯古尔发誓：不管是谁，不管是什么样的熟人，什么样的同族人，他们再三表白是长角鹿母的孩子也没有用，一根木头、一根树枝也不给。

可是，夏天回来了。在绿色的高山草地上又搭起了点点白色的帐篷。畜群吵吵嚷嚷。河边上的炊烟袅袅升起。阳光照耀着，微风轻轻吹来，夹带着阵阵马奶和花的香味。置身于这样新鲜的空气中，坐在绿色的草地上，靠着帐篷，同朋友们共享马奶酒和羊肉的美味，可真妙极了。然后，再来一杯伏特加，使你头脑昏昏然，你就会觉得你有能力把大树连根拔起，或者把那座大山拧下来……在这样的日子里，阿洛斯古尔早就把自己的誓言忘得一干二净啦！加上人们吹捧他是大森林的大主人，他心里头更是甜滋滋的。于是，他又开始许愿，又接受礼物了；于是，一到秋天，森林里的某一棵松树，又要被砍下来了。

秋天从收割了的田野上悄悄地来到山上，开始钻向四面八方。

草地、森林里的树叶都变成了金黄色。

野果成熟了。羊羔也长大了。公的、母的，开始被分到大羊群里去。女人们把干乳酪藏进过冬的麻袋里；男人们也开始商量，谁第一个开路回到盆地上去。那些在夏天同阿洛斯古尔谈妥了的人，在离开之前警告他：他们将于某日某时开汽车到护林所来运他答应给的木头。

今天晚上，一辆挂上拖车的汽车就要来这儿运走两根松木。一根已经在山下，已经拖过河，放在汽车要开到的地方；另一根，就是他们此刻正在拖下去的那根。老实说，如果阿洛斯古尔现在能够将用木头作为抵偿吃掉的和喝掉的东西还出来，或者说，吐出来，那他情愿立刻这样做，他多么想尽快摆脱当前这种难忍的疲劳和痛苦啊！

唉！没法改变自己在山里的可诅咒的命运。挂着拖车的汽车今晚就要开到，半夜里就要把木头运走了。

如果一切顺利，倒也罢了。可路上还要经过国营农场的办公室，别的路是没有的，而国营农场里常常有公安局和国家检查机关的人来，区里的人也经常在那里，要是运木头的汽车被他们发现，问起："这些木头从哪儿运来，到哪儿去？"可怎么办？

阿洛斯古尔想到这里，背都凉了。此时此刻，他怨恨一切事物，怨恨一切人。他恨在头上吵吵嚷嚷的寒鸦，恨不幸的莫蒙老头，也恨谢大赫玛脱。这个懒汉倒挺乖觉，三天前就跑到城里卖土豆去了，他明明知道要到山上来拖木头，却先偷偷地溜走了……现在要他回来，还得等他在市场上办完自己的事才行。要不然，阿洛斯古尔可以命令谢大赫玛脱同老头一起去运木头，也省得自己活受罪了。

可是谢大赫玛脱远着呢，寒鸦也没法子打下来，回家打老婆去吧，家里又离得太远，剩下的就只有莫蒙老头好欺侮了。阿洛斯古尔由于山路难走，更是火上加油。他气呼呼地每走一步就骂一阵娘，既不怜惜马，也不怜惜跟他走着的老头，径自不顾一切地冲过树丛。让马死掉吧！让老头儿死掉吧！他自己心力衰竭，干脆也死掉拉倒！还有这个世界，也都整个地毁掉吧！一切的一切都不是像他所希望的那样，都不像是按照阿洛斯古尔的身价和职权所应有的那样安排的。阿洛斯古尔再也控制不住自己，他把马沿着灌木林引向陡峭的山坡，让百事管的莫蒙在木头周围跳来跳去好了。阿洛斯古尔拿定主意："要是莫蒙胆敢不把木头挡住，我立刻把这个老混蛋揍一顿。"过去他从来也不敢拖着木头在这样危险的斜坡上乱闯的，但现在他已经给魔鬼迷住了。莫蒙来不及制止他，只来得及喊道："你上哪儿去？哪儿去？站住！"这时木头已经在链条上旋转起来了，它压过树丛向下滚去。莫蒙想用棍子挡住，不让木头向下滚，可是木头既湿又重，一下就把莫蒙手里的棍子打掉了。

一切都在瞬息间发生。马蹿倒了，向下滚去，把阿洛斯古尔撞倒在地上，他翻滚着，痉挛地抓住了树丛。这时候，有几只长角动物慌慌忙忙地跑到密林中去，它们跑着、跳着，很快就隐没在桦树林中了。

“鹿！鹿！”莫蒙爷爷又惊又喜，不由自主地叫起来。接着，他又沉默了，仿佛不相信自己的眼睛似的。

突然，寒鸦一下子飞散开来，山上静下来了。木头压倒了许多壮实的白桦树，在山坡上停住了。马被挽具绊住了，自己站了起来。

阿洛斯古尔浑身破烂，向一边爬着。莫蒙跑过去救他：“神圣的长角鹿母啊！是它救了我们！你看见的。这些是长角鹿母的孩子。我们的母亲回来啦！你看见的！”

阴沉的阿洛斯古尔羞愧地站了起来，他简直不相信眼前这一切已经过去了。他拍拍身上的灰尘：“够了，别啰嗦啦，老头！把马的套索解开！”

莫蒙顺从地把马套索解开。

“神奇的长角鹿母啊！”他高兴地继续嘀咕着，“鹿又回到我们森林里来了，长角鹿母没有忘记我们！它宽恕了我们的罪过……”“还在那里唠叨什么？”阿洛斯古尔恶狠狠地说道。他已经从恐惧中恢复了常态，刚才的愤恨又吞噬着他的灵魂。“在讲你自己的故事？自己发昏了，想叫别人也相信你那混账的杜撰的故事吗？”“我亲眼看见的，这是鹿。”莫蒙不服气，“难道你没看见，我的孩子？你自己也看见的呀。”

“嗯，看到了，好像闪过去三……”

“对，三只，我也是这样觉得。”

“嗯，那又怎样呢？鹿就是鹿呗！刚才连自己的脑袋都差点儿掉下来了，有什么可高兴的？如果它们真是鹿，那也是从山那边跑来的。那里，在哈萨克斯坦，在山那边的森林里，据说还养着鹿。那里也是禁区，可能还是禁猎区。鹿要上这儿来就来好了，跟我们不相干，哈萨克斯坦同我们无关。”

“也许，它们要住在我们这儿了，”莫蒙爷爷幻想着，“留在这儿该多好……”

“好了，够了，”阿洛斯古尔打断他，“走吧！”

他们还必须拖着木头往下走好久，然后渡过河，再套着挽具拖，困难还多着哩。

如果把木头顺利地拖过河去，还要再拖到小山边上，那里才有装运的汽车。

嗨，要花多大力气呀！

阿洛斯古尔感到自己非常不幸，他觉得周围为他安排的一切都很不公平。山——它们什么也感觉不到，什么也不怜惜，对什么也不抱怨，一天到晚就那样站着。森林进入秋天，又跨到冬天，也没看到有什么困难。寒鸦自由地鹿又回到我们森林里来了，长角鹿母没有忘记我们！它宽恕了我们的罪过……

飞翔与喧闹，多么走运。鹿，如果真的是鹿，从山那边跑过来的鹿，它们也将在森林中跑来跑去，想怎样跑就怎样跑，想往哪儿跑就往哪儿跑，多么自在。在城里，人们无忧无虑地在柏油路上走着，乘着出租汽车，上馆子，沉湎在玩乐之中。可他，命运却把他丢在这个山沟里，他多么不幸……甚至连这个百事管的莫蒙，他的不中用的丈人也比他幸福些，因为他相信神话，是个笨蛋，而笨蛋对生活总是满足的。

阿洛斯古尔厌恶自己的生活，这种生活根本不合他的胃口，这种生活只合适百事管的莫蒙那种人。莫蒙会有什么需要呢？他活多久就做多久的牛马，日复一日，无休无止。他一生中没有一个人服从他，而他却听命于所有的人，甚至对自己的老婆也不敢顶嘴。这种倒霉蛋光靠神话就感到幸福啦，看到森林里的鹿，就高兴得眼泪都流出来了，活像遇到了他找遍世界、找了一百年才找到的亲兄弟一样。

唉，算啦，有什么可说的……

他们终于走到了最后一个地界，从那里开始，是一条很长的险峻的坡道直达河边，他们停下来休息。

在河那边，在护林所的院子里，阿洛斯古尔的房子旁边在冒着烟。可以猜到家里准是在烧茶炊，这也就是说他老婆在等他了。但这并不使阿洛斯古尔感到轻松些。他张开嘴深深地呼吸，总觉得空气不够；胸口闷痛，头也像回声一样嗡嗡响；心跳得厉害，汗从额上流到了眼睛里。而前面还有一段很长、很陡的山坡。不会生育的老婆在家里等着他，摆好了茶炊想讨他的欢心……他突然产生了一种强烈的欲望，想跑去把那大肚子的茶炊一脚踢掉，让它见鬼去。然后扑向老婆，狠狠地揍她，打得她头破血流，死去活来。听着老婆的哀嚎，听着她对自己不幸命运的咒骂，他心里就会感到痛快些。“让她去，”他想，“让她去。我不好过，为什么她就应当好过呢？”

莫蒙打断了他的思路。

“我忘记了，我的孩子，”莫蒙忽然想起了什么似的急忙走近阿洛斯古尔，“我得上学校接孩子去，放学了。”

“那又怎样？”阿洛斯古尔故作不知地问道，“你打算干什么？”

“别生气，我的孩子。木头放在这儿，等会儿拖下去，你先回去吃中饭，我骑马到学校去接孩子，然后我们再回来把木头运过河去。”

“这个点子想出来以前，你动了多少脑筋，老头子？”阿洛斯古尔挖苦地说。

“要知道孩子要哭的。”

“那又怎么样？”阿洛斯古尔冒火了，决定要好好教训一下老头儿。他本来就想寻找这种机会，现在老头儿自己给了他借口，“小孩要哭，那我们就可以把事情丢下？早晨你捉弄人——要送他上学，好，就让你去送，现在又要到学校去接？我怎么办？我们在这儿闹着玩吗？”

“别这样，我的孩子，”莫蒙请求道，“在这样的吉日里，我倒没什么，可孩子要是在这样的吉日里哭……”

“什么这样的吉日？有什么特别的？”

“鹿回来了，为什么要在这样的吉日里……”

阿洛斯古尔呆住了，他甚至由于惊奇而沉默下来。他早就忘掉那些鹿了。当他在多刺的灌木丛里翻滚的时候，当他吓得魂不附体的时候，那些鹿像箭一样，像影子一样，一闪而过。当从斜坡上滚下来的木头，每一秒钟都可能把他压扁的时候，他根本顾不到鹿，也根本顾不到这个老头的空话。

“你把我当作什么啦！”他怒气冲冲地冲着老头的脸说道，“可惜，你没有胡子，要不然我就要扯你的胡子，叫你知道知道别人都不比你笨！你的鹿对我有什么用，我才不去想它们呢！别跟我啰嗦啦，搬木头去！木头不运过河去，你休想开口！谁到学校去了，谁在那儿哭，跟我没关系。够了，走吧……”

像往常一样，莫蒙还是服从了。他知道，木头不送到目的地，他是跳不出阿洛斯古尔的手掌心的，于是他默默地、失望地干着活，再也不讲一句话。但他的心里却像针刺一样难过：外孙在学校旁边等着他；孩子们都回家了，只有他，他的孤苦伶仃的外孙，一个人站在路上，等着爷爷。

老头想象着全教室的孩子怎样从学校里一涌而出，怎样各自回家。他们饿了，在路上就闻到为他们准备好的饭菜的香味，他们高兴地从自己家里的窗户下跑过。母亲们已经在等着他们。母亲们个个笑容满面，不管做母亲的心里好受不好受，给自己的孩子装个笑脸总是能够的。即使她们厉声喝着：“看你的手！谁给你洗？”她们的眼睛里也同样含着笑意。

莫蒙的外孙自从上学以来，他的手总是被墨水染污，可是爷爷倒喜欢他这样：这就是说，小家伙在做功课。而现在，他的外孙那一双被墨水弄脏的手一定正拿着夏天买来的书包，独自在路上站着。他也许已经等累了，已经不安地瞅着、听着：爷爷是不是骑着马上小山岗来啦。要知道，往常爷爷总是准时来的。他一跑出校门，爷爷就已经赶到，在不远的地方等着他了。大家都各自回家，他也朝爷爷那里走去。“爷爷来了，我们走吧！”他对书包说。当快要跑到爷爷身边时，他不好意思地站住了。看看周围没人，他就向爷爷扑去，拥抱他，把脸偎着他的肚子，嗅着爷爷身上特有的那种旧衣服和夏天干草的混合气息。这些天，莫蒙从对岸把干草驮过河来，冬天下了大雪就很难到那里去了。因此莫蒙的身上一直散发着干草和灰尘的气味。

爷爷把外孙抱上马，让他坐在自己的后面。他们有时让马跑小步，有时让它走。他们有时不讲话，有时讲些琐事，不知不觉就快到家了，一翻过山头，就到圣塔什谷地了。

孩子到学校去的强烈愿望，激怒了奶奶。他每天一醒来就很快穿好衣服，往书包里放书和练习簿。夜间他把书包放在自己身边，这更惹奶奶生气：

“你干吗老是粘住这只肮脏书包？就让它做你老婆吧，也好省掉我们一笔娶亲的聘礼……”

孩子把奶奶的话只当耳边风，再说，他也不大懂她讲些什么。

对他来说，主要的是上学不要迟到。他奔到院子里，焦急地催着爷爷，直到学校已经看得见了，他才放心。

可有一次他们还是迟到了。上星期，莫蒙在天不亮时就骑着马过河到对岸去，他想趁早去运一趟干草。一切还顺利，可在路上草捆松掉了，干草散了一地，只得重新捆好，重新驮上马去。但由于过分匆忙，捆好的草又散落在地上。

外孙已经等急了，他站在不平的石头上，挥着书包，叫喊着什么。老头慌慌忙忙，把绳子也搞乱了，到打结时，绳子缩短了，怎么也捆不好。孩子仍旧一个劲儿地在那里叫，老头知道，他已经在哭了。于是他丢下干草、绳子，骑上马，越过浅滩，很快地向外孙奔去。当他涉河时，又花去了不少时间，因为浅滩上是不能疾驰而过的，水很大，水流很急。秋天，倒还不怎么样，夏天可真要把马四脚朝天冲倒了。莫蒙爷爷费了九牛二虎之力好不容易才过了河，跑到外孙跟前，孩子已经抽抽噎噎地哭起来了。他不看爷爷，光在那里一边哭一边说："迟到了，上学迟到了。"老头从马上弯下身子，抱起孩子，让他坐在马鞍上，勒马直奔。要是学校不那么远，他可能早就自己跑去了。一路上，孩子不停地哭，老头无法使他平静，只得让他眼泪汪汪地走进学校。学校已经上课了，莫蒙爷爷就把外孙直接送到教室。

莫蒙在女教师面前一再表示道歉，并且保证下次不再发生这种事情。可是使老头不安的是，外孙一直在哭，看来，这回迟到使他伤心极了。“但愿他一直这样想上学。”老头这样想道。不过小家伙干吗老是哭个没完呢？可见，他心里还有委屈，讲不出的委屈……

此刻，老头正紧跟在木头旁边，一会儿跑到这边，一会儿跑到那边，不停地用棍子推挡着，使木头不要碰上什么东西，更快地从山上滚下去。莫蒙一边干活，一边还在想着：外孙他在那里不知怎么样了？

可是，阿洛斯古尔如今却不忙。他像个马匹饲养员那样不慌不忙地走着。实际上这里也不可能太急急忙忙，斜坡很长，很险峻，只能在斜坡上斜着走。然而难道就不能尊重一下他的请求——把木头放一下，然后再回来拖？嗳，要是有力气的话，老头真想把木头扛在肩上，跑过河，一下丢在汽车来运送的地方：喏，把木头拿去吧，走吧！这样他也就可以到外孙那儿去啦。

可是，哪有这样的事！还要经过一段布满石块和沙砾的路，把木头拖到岸边，从那里再用马把木头从水浅的地方拉到对岸。马已经被折磨得够了。它在山上走了多少路，一会儿往下，一会儿往上……，如果一切对付过去，倒也好了。可要是木头在河中间被石头卡住，或者马绊倒，跌下去呢？

当他们涉水而过的时候，莫蒙爷爷祷告着：“长角鹿母，帮帮忙，不要让木头卡住，不要使马跌倒。”莫蒙爷爷脱下靴子，把它挂在肩上，把裤脚卷过膝盖，手里拿着棍子在浮起的木头后面赶。木头逆水斜拖着。河水非常清澈透明，但也非常冷，是秋天的水了。老头忍受着：让它去吧，反正脚冻不坏，现在只求把木头赶快拖过河去。可是木头恰恰给卡住了，像故意为难似的，陷在石头里，而且又恰恰是在石块最多的地方。在这种情景下应当让马稍稍休息一会儿，然后叫它快跑，好好冲一下，或许可以把木头从石块中拉出来。可是阿洛斯古尔却依然骑在马上，无情地用鞭子抽打着已经筋疲力尽的马。马往后一蹲，跌倒了。木头一动也不动。老头的脚发僵了，眼睛发黑、头脑昏眩，顿时觉得陡峭的河岸、岸上的森林、天上的云忽地倾斜下来，倒在河里，顺着激流滚去，过了一会儿，才又恢复原状。莫蒙心里感到很难受。可诅咒的木头！如果是存放很久的干燥的木头，那又是另一回事了，干燥的木头自己会在水里浮的，只要扶住它就行。可这个木头才刚刚锯下，就把它拖过河去，有谁这样做过呢！结果当然要出问题，做坏事总不会有好结局的。阿洛斯古尔之所以不打算把松木晒干了再运走，主要是怕检查机关突然发现，写起控诉书控告他在禁林区破坏贵重的树木。因此，他坚持要把木头锯下来，马上拖着运走……阿洛斯古尔用靴后跟踢着马，用鞭子抽它的头，嘴里还不停地骂娘，还要骂老头，好像一切罪过都是他莫蒙引起的。可木头还是没有拉出来，它还是陷在石块里。

老头实在受不住了，他一生中第一次愤怒地提高嗓子：“下马！”他坚定地向阿洛斯古尔走去，要把他从马鞍上拉下来。“你没有看到，马吃不消啦？马上下来！”

惊奇的阿洛斯古尔不声不响地服从了，他穿着靴子直接从马鞍上跳到水里。这一刹那间他仿佛变得愚笨了，什么也听不见，没有知觉了。

“来，用力撬！一起来！”在莫蒙指挥下，他们想用力依靠木棍子把木头撬起来，使它脱开石块堵塞着的地方。

马这个动物多么聪明！就在这时用力一冲，在石头上绊着、滑着，把套索拉得像弦一样笔直。可是木头只是稍稍滑动了一下，仍然卡在那里。马又猛力冲了一下，但它终于支持不住，倒在水里，挣扎着。马具也搞乱了。

“马！把马扶起来！”莫蒙催促着阿洛斯古尔。

他们好不容易才把马扶了起来。马冷得颤抖着，勉强在水里站着。

“把东西从马背上卸下来！”

“为什么？”

“跟你说，卸下来！以后重新再套。把套索卸下。”

阿洛斯古尔又不声不响地服从了。卸下后，莫蒙爷爷拉起了马缰绳。

“现在走吧，”他说，“等会再来。让马休息休息。”

“喂，站住！”阿洛斯古尔从老头手里夺过了马缰绳。他好像醒过来了，忽然又恢复了他自己原来的样子。“你在骗谁？你哪儿也去不了。我们现在就要拖木头，晚上人家要来拿的。把马套上，别啰嗦了，听见吗？”

莫蒙不声不响地回转身，拐着僵直了的腿，从浅水处走向岸边。

“你上哪儿去，老头？哪儿去，我问你？”

“哪儿去，哪儿去，到学校里去！孩子从中午起就在那儿等着了。”

“快回来！回来！”

老头不听。阿洛斯古尔把马留在河里，几乎在河岸边的沙滩上才赶上了莫蒙，抓住了他的肩膀，一把拉了过来。

他们就这样面对面地站住了。

阿洛斯古尔迅速地把挂在莫蒙肩上的一双旧靴子拉下来，使劲地用这靴子打丈人的头和脸。

“跟我回去！快！”阿洛斯古尔嘶哑地说，把靴子丢向一边。老头走过去，把靴子从潮湿的沙滩上拾了起来。当他伸直身子的时候，嘴唇上流着血。

“流氓！”莫蒙一边吐着血，一边说，重又把靴子甩上了肩膀。

这是从来不跟别人顶嘴的百事管的莫蒙说的。这是冻得面色发青、肩上挂着旧靴子、嘴唇上还留着血痕的可怜的老头子说的。

“跟我走！”

阿洛斯古尔拖着他走。但是莫蒙用力挣脱了，头也不回，一声不响地走掉了。

“好，老傻子，当心点，我会叫你一辈子记住这件事的！”阿洛斯古尔挥着拳头，跟在他后面叫道。

老头没有回头看。走上“躺着的骆驼”旁边的小路后，他坐下来，穿上靴子，很快地回家了。他哪儿也不耽搁，一直走到了马厩里。从那里牵出了平时谁也碰不得的、阿洛斯古尔出门时骑的灰马阿拉巴希。平时，这匹马谁也不敢骑，而且为了避免破坏它的奔驰的体态，从不用它来套车子。莫蒙顾不得装上鞍和镫，就骑上了马，像去救火一样，冲出了院子。当他跑过窗子，跑过还在冒烟的茶炊时，跳到外面来的女人们——莫蒙的老太婆、他的女儿别盖依、年轻的古利江玛——马上就知道，老头准是出了什么事。他从来没有骑过阿拉巴希，从来也没有像今天这样不要命地在院子里奔驰。但她们还不知道，这是百事管的莫蒙造反了。而且也还不知道，这次造反将使这么大年纪的老头付出什么样的代价。阿洛斯古尔牵着卸下套的马从河那边回来了。马的前蹄一瘸一拐的。女人们不声不响地看着他走近院子。她们不知道阿洛斯古尔心里在转些什么念头，也不知道他今天将带给她们什么东西，什么样的灾难和恐怖……

阿洛斯古尔穿着吱吱响的湿靴子，湿裤子，用沉重的步子走近她们，阴沉地看了女人们一眼。他的老婆别盖依着慌了。“你怎么啦，阿洛斯古尔？出了什么事？你浑身都湿了。木头冲走了吗？”

“不，”阿洛斯古尔挥挥手，“拿去。”他把缰绳交给古利江玛。

“把马牵到马厩里去。”他边说着边向家门口走去。“跟我到屋里来。”他对妻子说。奶奶也想和他们一起走进去，但阿洛斯古尔不让她进门：

“你走开，老太婆。这里用不着你。走开，不要再来！”

“你怎么啦？”奶奶生气了。“这算什么话？我们的老头呢？他怎么啦？出了什么事？”

“你去问他自己。”阿洛斯古尔回答道。

在屋子里，别盖依替丈夫脱了湿衣服，给了他一件皮袄，拿进茶炊，开始往茶碗里斟茶。

“不要。”阿洛斯古尔摇摇手，“拿酒来！”

妻子拿出一瓶没有开过的酒，把酒斟在杯子里。

“满上！”阿洛斯古尔命令道。他把一杯酒一口气倒进嘴里，裹紧皮袄，往毡子上躺下去，就对妻子说：“你不是我的老婆，我不是你的丈夫。你走开，别再进这个屋子。走开，趁现在还来得及。”

别盖依叹了一口气，坐到床上，习惯地噙着眼泪，轻轻地说：

“又来了。”

“什么又来了？”阿洛斯古尔咆哮说，“滚开！”

别盖依离开屋子，像平常一样，绞着双手，在院子里大声哭叫：“我到底为什么要生到这世界上来呀，我这苦命的人……”这时候，莫蒙老头正骑着阿拉巴希去找外孙。阿拉巴希是匹快马。但莫蒙还是迟到了两个多钟头。他在路上遇到了外孙，女教师亲自领着他回家。就是那个有一双久经风霜的粗大的手的、老是穿着一件已经穿了五年的大衣的女教师。这个累坏了的女人看上去脸色很不好。而小男孩早就哭够了，只见他两眼浮肿，带着书包在女教师旁边走，露出一副垂头丧气的可怜相。女教师狠狠地批评了莫蒙老头。他从马上下来，低下头站在她的面前。

“如果你不能及时地来接孩子，”她说，“你就别送他来上学。你别指望我来接送，我自己有四个孩子。”

莫蒙再一次道了歉，再一次保证以后不再发生这种事情。

女教师回到热列萨依去了，爷爷带着外孙动身回家。

孩子在爷爷前面同骑在一匹马上，不说话。老头也不知道该对他说什么好。

“你饿坏了吧？”老头问道。

“不，老师给了我面包。”外孙回答。

“你为什么不说话？”

孩子对这句话也不回答。

莫蒙抱歉地笑了笑：

“你生我的气。”他摘下孩子的帽子，吻了吻他的头顶，又替他把帽子戴上。

小孩没有转身。

他们这样骑在马上，两个人都闷声不响。莫蒙没有让阿拉巴希快跑，紧紧地拉着缰绳，生怕没加鞍的马把孩子震坏了。再说，现在好像也没有必要那么匆忙了。

马很快就懂得了老头的意思，慢慢地半走半跑。嘴里喷着气，马蹄在路上敲着。这样的马，最好是一个人骑着，轻轻地唱着歌——自己唱给自己听。单独一个人的时候，要唱的东西才多呢！关于没有实现的理想，关于过去的年代，关于恋爱时发生的一些事情……人总是喜欢为过去了的岁月叹息一番，怀念那些已经和岁月一起逝去了的、再也触摸不到的东西。而究竟是什么东西，人们自己也不清楚。但还是常常喜欢想想这种东西，喜欢陶醉在自身的回忆之中。

能够走得合人心意的一匹好马，是一个很好的旅伴。

莫蒙老头看着外孙剃光了的后脑勺，看着他那细细的头颈和一对招风耳朵，想到自己不幸的一生，自己全部事业和劳动，全部忧愁和痛苦，现在就只剩下这个小孩子，这个无依无靠的小生命了。要是自己还来得及把他扶养成人，那倒还好。但如果以后只剩他一个人，那就难了。还只像玉米芯一样的人，就已经有自己的脾气。但愿他还是随和一些，温柔一些的好……因为像阿洛斯古尔这样的人都很厌恶他，他们将会折磨他的，就像狼折磨遭殃的鹿一样……

这时候，莫蒙又想起了鹿，那些刚才在他面前像影子一样迅速掠过、并使他感到惊喜的鹿。

“你知道吗，孩子？鹿到我们这儿来了。”莫蒙爷爷说。

孩子立刻回头望着爷爷：

“真的？”

“真的。我亲眼看见的。有三头！”

“它们从哪儿来的？”

“照我看，是从山那边来的。那里有禁猎的森林。今年的秋天像夏天一样，山隘口开着，于是它们就来做客了。”

“它们会留在我们这儿吗？”

“如果喜欢，就会留下来。如果没人去碰它们，它们就会在这儿生活。这儿的饲料有的是，哪怕养一千头鹿也不成问题。过去，在长角鹿母的时代，这儿的鹿多得数也数不清……”

老头感到，外孙听了这个消息后态度缓和了，不生气了，就重又讲起过去的事和长角鹿母来。他自己也被自己的故事吸引住了。他想：忽然变得幸福起来，并且带给别人幸福，倒也不难！但愿能够一直这样过下去。是的，就是这样，像现在这样，像此时此刻这样。但现实生活却不是这样安排的，就在幸福的旁边，不幸永远跟着你，永恒的、不肯和你分离的不幸经常在窥探着，不时冲进你的灵魂和你的生活中。甚至在他和外孙感到幸福的这一时刻里，忧烦总是和高兴一起钻进他的心灵：阿洛斯古尔在那边怎么样了？他在准备些什么？将有什么样的惩罚？他想出了什么办法来处罚他这个胆敢违抗的老头？阿洛斯古尔肯定不会让这件事就这样过去，否则他就不是阿洛斯古尔了。

为了不去想那些即将降临到他和女儿头上的不幸，莫蒙继续给外孙讲鹿的故事，讲它们的高尚品德，讲它们的美丽和跳跃的速度。他讲得这样热烈，似乎可以以此来防止那不可避免的灾祸。孩子的心情很好。他根本没有想到家里有什么在等待他。他的眼睛和耳朵一直在燃烧着：怎么？难道鹿真的回来了？就是说，这一切都是真的：长角鹿母原谅了人们对它犯下的罪行，并且允许自己的孩子们回到伊塞克库尔的山里来了。爷爷说，现在来的三头鹿是先来看看这里的情形怎么样，如果它们喜欢，那么所有的鹿都将重新返回家乡。

“爷爷，”外孙打断了爷爷的故事，“会不会是长角鹿母亲自来了？可能是它想看看我们这儿怎么样，然后把自己的孩子们叫来，你说呢？”

“可能的。”莫蒙犹疑地说。他的话憋住了。老头感到有些不好意思：他是不是说得太过分了，孩子是不是太相信他的话了？但他也没有叫孩子不要相信刚才的话。要这样做现在也已经太晚了。“谁知道，”他耸耸肩，“可能是，可能是长角鹿母亲自来了。谁知道……”

“我们会知道的。爷爷，我们到你刚才看见鹿的地方去吧，”小外孙说，“我也想看看。”

“可你得知道，它们不会老在一个地方呆着呀！”

“我们可以跟着脚印走。跟着它们的脚印走很久很久。只看它们一眼，就回来。那时它们就会想，人不会伤害它们的。”

“你真是个小孩子，”爷爷笑笑，“我们先回家再说。”

他们已经沿着房子后面的小路走近护林所。在房子的后面，就像站在人的背后一样。三座房子都没有什么迹象能够说明里面发生了什么事。院子里也是空无一人，没有声音。不祥的预感使爷爷的心缩紧了。可能发生了什么事吧？莫非阿洛斯古尔喝醉了，把他的不幸的女儿别盖依毒打了一顿？还有什么事可能发生？为什么这样寂静？为什么这时候院子里一个人也没有？“如果一切都正常，就一定要去把那根倒霉的木头从河里拖出来，”莫蒙想，“去他的吧，这个阿洛斯古尔，最好不要和他找麻烦，最好把他想要做的事情做好，做完就算啦。没有办法向驴子证明它是驴子。”

莫蒙走近马厩。

“下来吧，我们到了。”他竭力不流露出自己的激动，向他的外孙这样说着，好像他们是从遥远的地方来到似的。而当小孩带着书包想跑回家去时，莫蒙爷爷止住了他：“等一等，一块走。”

他把阿拉巴希牵进马厩，拉着孩子的手，向家里走去。

“你留神，”爷爷对外孙说，“如果他们骂我，你别怕，也别去听各种闲话。这跟你没关系，你的事情是上学。”

可是这样的事情根本没有发生。他们到家后，奶奶只是用谴责的眼光久久地望着老头，接着就抿紧嘴唇，重又拿起她的针线活儿来。爷爷一句话也没有对她说。他脸色阴沉，提心吊胆地在房间里站了一会，然后从灶上拿起一大碗面条，又拿了调羹和面包，就和外孙一块坐下来吃早已过了时的午饭。

他们不声不响地吃着。奶奶甚至看也不看他们一眼。在她松弛的、棕色的脸上凝结着愤怒。孩子懂得了，一定发生了什么糟糕的事情。而两个老人还是不响。

孩子开始感到害怕和恐慌，连东西也咽不下去了。当人们在吃饭时，不声不响地想着自己某种不祥的和可疑的事情，这是再坏没有了。“也许，这是我们不好吧？”他在心里对书包说。书包躺在窗台上，他的心顺着地板滚过去，跳上了窗台，挨近书包，低声耳语地和书包谈起来：

“你知道为了什么？为什么爷爷这样伤心？他有什么错？为什么他今天迟到了？为什么骑着没有鞍的阿拉巴希？这种事情是从来也没有过的呀。会不会是他在森林里看到了鹿，所以迟到了？……而万一根本就没有什么鹿呢？万一这是瞎说呢？那怎么办？为什么他要讲那个故事？如果他骗了我们，长角鹿母会见怪的……”

吃过了饭，莫蒙爷爷轻轻地对外孙说：

“你到院子里去，有件事要你帮忙。我马上就来。”

孩子听话地走了出去。他刚随手关上门，就听见了奶奶的声音：

“你要上哪儿去？”

“我去搬运木头。刚才把木头留在河里了。”莫蒙回答。

“啊，总算想到了，”奶奶叫道，“清醒过来了！你去看看自己的女儿吧。古利江玛把她带到自己家里去了。现在有谁还需要她呢，你那个不会生育的蠢货！你去，让她自己说说，她现在是个什么样的人！丈夫把她从家里赶出去了，像赶掉一条癞皮狗似的！”“那又怎么样，赶出去就赶出去好了！”莫蒙伤心地说。

“你呀！你自己又是个什么样的人呢？自己的女儿们都没出息，你就想把外孙培养成官吏，是吗？得了吧！居然还值得你为这种人去冒险，甚至还敢跨上阿拉巴希就走，真是好样的！你早就应当知道自己的地位，记住你是在跟谁打交道……他会扭断你的脖子的，就像对付一只鸡一样。你什么时候学会了跟人顶嘴的？你打什么时候起变成了这种英雄？至于女儿，你别想把她领回家里来，想也不用想，我连门也不让她进……”

孩子没精打采地向院子里走去。屋子里奶奶的叫嚷声仍在响着。忽然，门一声响，莫蒙从屋子里跳了出来。老头子向谢大赫玛脱的屋子走去，但古利江玛在门口迎了上来。

“最好现在别进去，等等再说。”她对莫蒙说。莫蒙慌乱地站住了。“她在哭，他狠狠地打了她一顿，”古利江玛低声说，“阿洛斯古尔不要她了。她在诅咒你。她说，一切都是父亲的错。”

莫蒙不响。有什么可说的呢？现在连亲生女儿也不想看见他了。

“阿洛斯古尔还在自己家里喝酒。像野兽一样。”古利江玛悄声地说。

古利江玛同情地叹了一口气。他们陷入了沉思。

“要是我们的谢大赫玛脱早些回来就好了。他本来应当今天到的。他回来了就可以一起把木头运走，至少把这事解决了。”

“难道问题在于木头吗？”莫蒙摇摇头。他想了一下，看到外孙在旁边，就对他说：“你去玩吧！”

小孩走到一边，走进了板棚，拿出藏在那儿的望远镜，擦了擦灰。“我们的事情很糟，”他忧伤地对望远镜说，“看来，这是我和书包的错。要是在什么地方有另外的学校就好了。我和书包就离开这儿到那儿去上学，不让任何人知道。不过，爷爷太可怜了，他会寻找我们的。而你，望远镜，会和谁一起去看白轮船呢？你以为，我不会变成鱼吗？那你瞧着吧！我要游到白轮船那里去……”小孩躲在一个草堆后面，开始用望远镜向周围看。他没精打采地稍稍看了一会。换了另一个时候他一定会不厌烦地看个够。秋天的群山耸立着，覆盖着秋天的树林，上面是皑皑白雪，下面火红一片。

孩子放好望远镜，走出板棚，看到爷爷把戴上轭和挽具的马牵过了院子，正在向浅滩走去。小孩想奔到爷爷那里去，但阿洛斯古尔的喊声使他停住了。阿洛斯古尔穿着贴身衬衫，肩上披着皮袄，从屋里跳了出来。他满脸通红，像母牛肿胀的乳头一样。

“喂，你！”他严厉地向莫蒙喊道，“你把马牵到哪儿去？快牵回原地，不许你动！我们没有你也会把木头运走的。现在这儿不需要你，我把你从护林所解雇了。你滚吧，要到哪儿就到哪儿！”爷爷苦笑了一下，就把马牵回到马厩里。莫蒙忽然完全变得老态龙钟和矮小了，走路拖着脚后跟，也不向两边看。小孩为爷爷抱不平，气得透不过气来。为了不让任何人看到他哭，他沿着河岸跑了起来。前面的小路被雾遮住，一会儿不见了，一会儿又重新在脚下出现。他一边哭一边跑。跑到了他心爱的石头——“坦克”、“狼”、“马鞍”、“躺着的骆驼”跟前。他什么也不对它们说，因为它们什么也不懂，只知道站着，站着。他只抱住了“躺着的骆驼”的驼峰，倒在火红色的花岗石上，伤心地、不可抑制地嚎啕大哭起来。他哭了很久才慢慢地平静下来。

最后，他抬起头，擦了擦眼睛，朝前面一看，呆住了。

在他的正前方，在对岸水边站着三只鹿。真正的鹿，活的。它们在喝水，而且看起来已经喝饱了。其中有一只——有着最大、最长的角的——重又把头伸向水里，并且伸长着，似乎是在浅水里观察自己的角，像照镜子一样。它是浅棕色的，胸部发达，很强壮。当它扬起头时，水珠从它那有条纹的湿润的嘴唇上滴落到水里去。鹿摆动着耳朵，注意地看了小孩一眼。

但是对他看得最多的，是头上长着精细多枝的角、腰部发达的白色母鹿。它的角稍小，但十分美丽。它完全同长角鹿母一样，眼睛很大，明亮透彻，凸出。像每年会生一匹马驹的体格匀称的母马一样。长角鹿母注意地、安详地盯着他看，好像在回忆，它在什么地方看到过这个大脑袋、大耳朵的小孩。它的眼睛发出湿润的光芒，在远处闪闪发亮。一股隐约可见的水汽从它鼻孔里冒了出来。它的身边，是一头无角的幼鹿，幼鹿扭转屁股在吃河柳的枝条。它没有事做。养得很结实，欢蹦乱跳的。忽然，它丢开枝条，敏捷地跳了起来，用身子撞撞母鹿，又在四周跳了一会，和母鹿亲热起来，用还没长角的头蹭蹭长角鹿母的腹部。而长角鹿母还一直在注视着小孩。

孩子屏住呼吸，从石头后面走了出来，并且像在梦里一样，把手伸向前面，走到了河边。这些鹿一点也不害怕，它们安静地从河那边望着他。

横在他们之间的浅绿透明的河水，急速地流着，流水冲击着水底的石块翻滚而过，水面上泛起了阵阵泡沫。如果没有这条分隔他们的河流，小孩也许可以走近那些鹿，用手去抚摸它们了。鹿站在一片平坦的、洁净的沙砾上。在沙砾尽头处，秋天的河滩林的浓密树梢像一道红色的墙。高一些的地方，是栽着火红色的白桦和山杨的粘土陡岸。而在更高的地方，则是大森林和山顶上的白雪。小孩闭上眼睛，又慢慢睁开。面前还是同样那幅画面：在比红叶子的河滩林稍近的地方，在洁净的沙滩上依然站着那些神异的鹿。

但这时候它们已转过身去，一个个地经过沙滩走向树林。走在前面的是大公鹿，中间是无角幼鹿，后面是长角鹿母。鹿母回过头来，又一次朝小孩看了看。接着，它们就通过灌木丛走进了河滩林。红色的树枝在它们头上摇晃，红色的树叶落在它们平滑的富有弹性的背上。

接着，它们沿着小路向上走，一直走到了陡岸上面。在那里，它们又停了下来。于是小孩又感觉到，这些鹿在看他。大公鹿伸长了头颈，把角仰到背上，叫了起来，就像喇叭一样："巴——噢，巴——噢！"它的声音在陡岸上飞在河上滚动，造成了长时间的回声："啊——噢，啊——噢！"

这时，小孩才清醒了过来，他用足力气沿着熟悉的小路奔回家去。他一口气奔进院子，猛力推开门，气喘吁吁地在门口叫道："爷爷！鹿来啦！鹿！它们在这里！"

莫蒙爷爷从屋子角落里看了他一眼，爷爷在那里伤心地静静地坐着，什么也没说，好像不懂他说的是什么。

"你别吵了！"奶奶嘘他说，"来了就来了，现在顾不上它们啦！"

孩子轻轻地走了出去。院子里空无一人。秋天的太阳正落到卡拉乌尔山和邻近一排昏暗的秃岭后面去。荒凉寂静的群山里，留下一抹浓浓的、没有暖意的落日的余晖。红色的余辉又从这里把摇曳的光亮散布到秋天群山的山顶。黄昏的烟雾笼罩了整个森林。

从雪山上吹来的阵阵寒风，使孩子感到冷飕飕的，他全身哆嗦了起来。

第六章
风雪山林

小孩睡到被窝里后，还是感到冷飕飕的。院子里已是黑夜了，他长时间不能入睡。他的头阵阵作痛，但他一点也不吭声。谁也不知道他生病了，人们似乎把他忘记了。

小孩睡到被窝里后，还是感到冷飕飕的。院子里已是黑夜了，他长时间不能入睡。他的头阵阵作痛，但他一点也不吭声。谁也不知道他生病了，人们似乎把他忘记了。

怎么能不把他忘记呢？

爷爷完全搞糊涂了，感到六神无主。一会儿走出去，一会儿又走进来，一会儿垂头丧气地坐下，沉重地叹着气，一会儿又站起来，不知走到哪儿去了。奶奶恶狠狠地向爷爷唠叨着，也是前前后后走动着，走到院子里去，又走回来。院子里发出不清楚的、断断续续的说话声，夹着急急忙忙走动的脚步声，还有不知是谁的咒骂声——也许阿洛斯古尔又在骂人，有人在抽抽噎噎地哭泣……小孩静静地躺着。他由于这些说话声和脚步声，由于家里和院子里所发生的一切而越来越感到疲乏了。

为了冲淡自己被遗忘的孤独的感觉，他闭上眼睛，回想起今天发生的事和幻想着他想看到的事。他站在一条大河的岸边。水流得很快，看久了头要发昏。而对岸有鹿看着他，他昨晚见过的那三只鹿，现在又都站在那里。一切又都重复出现。当大公鹿从水面抬起头来的时候，从它潮湿的嘴唇上滴到浅水里的还是那些水珠。而长角鹿母还是那样专注地用善良的、了解的眼光看着他。它的眼睛极大，颜色黑黑的，湿润发亮。小孩很惊奇，长角鹿母能够像人一样叹气，忧郁地、伤心地，像他的爷爷一样。接着，它们又走到河滩林的矮树丛中去。红色的树枝在它们头上摇晃，红色的树叶落到它们平滑的、有弹性的背上。它们走上了陡岸，在那里停了下来。大公鹿伸长了头颈，把角仰到背上，叫了起来，像喇叭一样："巴——噢，巴——噢！"回想起大公鹿的声音在河上滚动，造成长时间的回声，他暗暗笑了起来。这以后，这些鹿在树林中消失了。可是他不愿和它们分别，于是开始想象他想看到的事情。一条湍急的大河重新在他面前急剧地流动。脑袋由于水流的急速而发昏。他跳起来飞过了河。平稳地、轻轻地落在这些鹿的附近。它们还是站在沙滩上。长角鹿母把他叫到身旁：

"你是谁家的孩子？"

小孩不声响，他不好意思回答这个问题。

"我和爷爷很爱你，长角鹿母。我们早就在等你了。"他说。

"我知道你，也知道你的爷爷。他是个好人。"长角鹿母说。

小孩高兴了，但不知道怎样谢它。

“你要不要我变成鱼沿着伊塞克库尔游到白轮船那儿去？”他忽然说。

这是他能做的，但长角鹿母什么也不回答。于是他开始脱衣服，并且像夏天常有的那样，蜷缩着身子，抓着沿岸的河柳枝条，钻到了水里。可是水却不是冰冷的，而是热的、烫的、憋闷人的。他张着眼睛在水底下游起来，无数的金色沙粒、细小的水底小石子在周围闹哄哄地转动着。他开始感到窒息，热的水流老是拖着他，拖着他。

“帮帮我，长角鹿母，帮帮我，我也是你的儿子啊，长角鹿母！”

他高声叫喊。

长角鹿母闻声沿岸奔来，跑得很快，风在它的角上发出呼呼的响声。

小孩从自己身上掀开被子，他立刻感到轻松了些。他浑身出汗，但他记得，爷爷在这种情况下会把他包裹得更暖和，于是他就又好好盖上了被子。屋里一个人也没有。灯芯已经烧尽了，因此灯光变得昏暗起来。小孩想起身喝水，但从院子里又传来了严厉的说话声，有人在吆喝，有人在哭，有人在劝慰。喧闹声、脚步声不绝于耳。接着在窗子下有两个人噢唷哎唷地叫着走过，似乎一个人拖着另一个。门砰的一声打开了，发狂一般的奶奶沉重地喘着气，把莫蒙爷爷推进了屋子。孩子从来没见过爷爷吓成这种样子。看来，他已失去知觉了。爷爷的眼睛慌乱地转动着。奶奶朝他的胸口推了一下，使他坐了下来：

“坐下，老混蛋。人家没求你，你就别挤进去。他们这种事情难道是第一次发生吗？如果你想一切都好转起来，就坐着别去管他们。我叫你做什么你就做什么。听见了吗？否则，他会把我们撵走的，你懂吗，他会使我们在这世界上活不下去！我们这么一把年纪了，还有什么地方可去呢？到哪儿去呢？”说罢，奶奶啪的一声带上了门，又急急忙忙地跑开了。

屋子里重又安静下来，只听见爷爷嘶哑的、断断续续的喘息声。他坐在炉灶的踏板上，用发抖的手紧紧捧住脑袋。忽然他跪了下来，举起双手，不知道是向着谁哼哼起来：

“把我拿去吧，把我这苦命人收了去吧！但请给她一个孩子！我再也不忍心见她了。哪怕只给她一个独生孩子也好，可怜可怜我们吧……”

爷爷哭着，摇晃着，站了起来，扶着墙壁，摸到了门。他走出去，随手关上门。就在那里，门后面，用手掩着嘴，不出声地痛哭着。

小孩难过起来了。他又感到发冷。一会儿热，一会儿冷。他想起身，到爷爷那儿去。但手和脚都不听使唤，头痛极了。老头在门后面哭。院子里喝醉了酒的阿洛斯古尔又在大发脾气，别盖依姨妈绝望地尖叫着，古利江玛和老太婆在一边劝解着。

孩子又离开他们，进入了自己的想象世界。

他重又站在水流很急的河岸边，而在对岸，在沙滩上，还是站着那些鹿。于是小孩祈祷起来："长角鹿母，你在鹿角上带给别盖依姨妈一只摇篮吧，求求你，带给他们一只摇篮。让他们有一个小孩吧！"说着就在水面上向长角鹿母奔去。人没有陷到水里去，但他也没有接近对岸，而仿佛，是在原地跑步。他还是不断地祈祷，恳求长角鹿母："在鹿角上带给他们一只摇篮吧！做点好事，叫我们的爷爷别哭，叫阿洛斯古尔姨夫别打别盖依姨妈。让他们生一个孩子吧！我将爱所有的人，也将爱阿洛斯古尔姨夫，只求你让他有一个孩子。在鹿角上带给他们一只摇篮吧……"

这时，孩子似乎感觉到，远方响起了铃声。铃声越来越清楚了。那是鹿母在山间跑着，在它的角上，挂着一只小孩的摇篮——白桦木做的、带铃铛的摇篮。摇篮的铃铛响彻四周。长角鹿母跑得很快。铃声越来越近了。

但这是什么声音？远远的马达声和铃声混在一起了。什么地方驶过一辆载重汽车。机器的吼声越来越强，越来越清晰，而铃声渐渐微弱下去，断断续续地响几声，很快就完全消失在马达声中了。

孩子听见沉重的卡车驶近了院子，发出铁板相碰的声音。狗叫着扑到院子外面去。车灯的反光射在窗上，但很快就熄灭了。马达也不响了。驾驶室的门啪的一响。从声音上判断，来的是三个人，他们相互之间交谈着，在孩子睡觉的窗子旁边走过。

“谢大赫玛脱来了！”忽然响起了古利江玛快乐的声音，而且可以听得出，她急急忙忙向丈夫走去。“把我们等坏了。”

“您好！”几个陌生人对她说。

“你们这里怎么样？”谢大赫玛脱问道。

“没什么。对付着过日子。怎么来得这么晚？”

“就连这样，你也该说声运气。我到了国营农场，等顺路的汽车等了好久，连到热列萨依的车子也等不着。总算运气，碰到他们到我们这儿来装木头。”谢大赫玛脱说，“山谷里漆黑一片，而路你自己知道……”

“阿洛斯古尔在哪儿？在家吗？”来人中的一个问道。

“在家，”古利江玛犹疑地回答，“稍微有些病。但你们不要担心。在我们这儿过夜好了，有地方，走吧！”

他们动身了。但走了几步就停了下来。

“你好，老人家。你好，老太太。”

来人向莫蒙爷爷和奶奶问好。他们对来人表示客气，像迎接客人时应当做的那样，在院子里迎接他们。也许，阿洛斯古尔也会客气一些吧？但愿他不要替自己和别人丢脸。

孩子平静了些。而且大体说来，他已经稍微轻快了些，头痛减轻了。他甚至想，是不是起来去看看汽车？它是什么样子的，四轮的还是六轮的？旧的还是新的？拖车又是什么样子的？今年春天，有一次他们护林所里也来过一辆军用卡车——高轮胎，短鼻子，好像它的鼻子被砍掉了似的。年轻的驾驶兵曾让小孩在驾驶室里坐了坐，真妙！而那个戴着金色肩章的军人同阿洛斯古尔一起走到树林里去了。这是干什么？从来没有过这样的事。

“你们干什么，搜寻间谍吗？”孩子笑着问那驾驶兵。

“是的，搜寻间谍。”

“我们这里一个间谍也没有来过呢。”他不无遗憾地说。

士兵大笑了：

“这跟你有什么相干？”

“我要追他，抓住他。”

“嗬，你真行。但还小呢，等长大一些吧！”

在戴金色肩章的军人同阿洛斯古尔一起在森林里走的时候，小孩和驾驶兵谈开了。

“我喜欢所有的汽车和所有的司机。”孩子说。

“这是为什么？”士兵感兴趣地问道。

“汽车——它们好、有力而且飞快。它们发出好闻的汽油味。而司机——他们都年轻，而且都是长角鹿母的孩子。”

“什么？什么？”士兵不懂了，“什么长角鹿母？”

“你难道不知道？”

“不，从来没听说过这种奇闻。”

“你是什么人？”

“我是卡拉干达人，哈萨克人。在矿工学校里学习过。”

“不，你是谁的孩子？”

“父母亲的。”

“他们又是谁的孩子？”

“也是他们的父母亲的。”

“而他们呢？”

“你听着，这样问下去可没有个完啦。”

“而我是长角鹿母的儿子们的儿子。”

“这是谁跟你说的？”

“爷爷。”

“有些不大对头。”士兵怀疑着，摇摇头。

这个有大脑袋、招风耳朵的小孩，长角鹿母的儿子们的儿子，使他发生了兴趣。可是，士兵有些难为情，他发现自己不但不知道家族的起源，甚至还不知道七代祖先的世系。他只知道父亲、祖父、曾祖父，而再往前呢？……

“难道人们没有教过你记住七代祖宗的名字吗？”孩子问。

“没教过。这有什么好处呢？我不知道，可我也没什么。我过得很好。”

“爷爷说，如果人们不记住祖宗，那他们就要变坏的。”

“谁要变坏？人们？”

“是的。”

“为什么呢？”

“爷爷说，那时就没有人因为做坏事而害臊了，因为孩子们和孩子们的孩子们反正记不得他们。而且没有人会去做好事，因为反正孩子们也不会知道。”

“你的爷爷真是！”士兵的确感到惊异，“真是个有趣的爷爷，他尽把各种乱七八糟的东西往你的脑袋瓜里塞。你的脑袋不是很大吗……还有你的耳朵，就像我们靶场上的定位器！你可不要听你爷爷的。我们在走向共产主义，我们在飞向太空，而他在教你什么？最好让他到我们的政治课堂上来，我们就能一下子把他改造过来。等你长大了，学好了，就离开爷爷吧！他是个愚昧的、没文化的人。”

“不，我永远也不离开爷爷，”孩子反驳道，“他是好人。”

“好，目前你是这么说。以后你会懂得的。”

现在，倾听着说话声，小孩想起了那辆军用汽车，他当时终究没能好好地向士兵解释，为什么这里的司机，至少是他所知道的那些司机，都被认为是长角鹿母的儿子。

小孩对他说的是真话。他的话里没有任何虚构。去年，也是秋天，或者稍微晚一些，国营农场的汽车到山里来运草。他们没有经过护林所，而是在不到护林所的地方转弯，沿着到阿尔察谷地去的一条路一直向上，驶到一个地方，那里夏天割好了草，准备秋天运往国营农场。卡拉乌尔山上从未有过这样的马达轰鸣声，小孩听到声音急忙奔到岔路口。喔，这么多的汽车！一辆接着一辆，整整的一队！他数了数，共有十五辆。

天气正处在变化阶段，随时可能下雪，到那时就要“再见，干草，明年再见吧”。在这种地方，如果不能及时地把干草运出去，以后就别想通行了。走不过去啦。看来，农场由于各种事情拖延了下来，时间紧迫了，所以才动用所有的汽车，想把割好了的草一次抢运出去。但事情没那么简单……

孩子并不知道这些，而且老实说，这对他又有什么关系呢？他急急忙忙、兴高采烈地奔向一辆汽车，跟它一起跑了一阵，就又去迎接下一辆。车子都是崭新的，有漂亮的驾驶室和宽阔的玻璃窗。驾驶室里坐着年轻的驾驶员，一个个都是没有胡子的。有的驾驶室里还坐着两个小伙子，他们是来堆装和捆干草的。所有的人在孩子看来都是漂亮的、好样的、快活的。

总的说来，孩子没有错。事情确是这样。小伙子们的汽车是完好的，它们沿着坚硬的碎石路迅速地奔驰着，驶过了卡拉乌尔山的斜坡。小伙子们的情绪极好——天气不坏，而这儿还有一个不知打哪儿来的大耳朵、大脑袋、穿着破烂的小孩子迎接着每一辆汽车，高兴得像发狂一般。他们怎么能不笑，不向他挥手？又怎么能不开玩笑地吓唬他，逗得他更高兴、更顽皮呢？……

最后面的一辆卡车甚至停了下来。穿着水兵制服、但没有肩章和军帽、而是戴着便帽的年轻小伙子从驾驶室里走了出来。这是驾驶员。

“你好，你在这儿干什么啊？”他对小孩亲切地眨了眨眼睛。

“随便玩玩。”孩子腼腆地回答他。

“你是莫蒙爷爷的外孙吧？”

“是的。”

“我就知道是的，要知道我也是布古人，而且到这里来的所有小伙子都是布古人。我们去运草。唉，现在的布古人分散开了，互相都不认识了……向你爷爷问好！对他说，你看到了库鲁别克，巧特巴依的儿子库鲁别克。你对他说，库鲁别克从军队里回来了，现在是国营农场的司机。好，再见吧！”临别时他送给小孩一只军队的徽章，很好玩，像一个勋章。

汽车像豹子一样吼了一声，便飞驰着追上自己的队伍。小孩多么想同这个亲切的、神气的、穿水兵制服的小伙子，同这个布古兄弟一起去啊！但路上已经空无一人，他只能回家。他骄傲地回到家里，向爷爷讲了遇见司机的事。徽章别在胸前。

这一天将近黄昏时，忽然从顶着天的山脊那个方向刮起了圣塔什的风，暴风雪来了。森林上面的树叶一股股地飞上了天，越升越高，哗啦啦地在群山上面飞过。刹那间出现了这样的坏天气，连眼睛也睁不开了。一下子下雪了，白色的阴影笼罩大地，森林摇摆起来了，河水奔腾，暴风雪猛烈地吹刮着。

人们好不容易把牲畜赶进畜栏，把院子里的东西收拾妥当，尽可能多抱些干柴到屋子里。然后就连鼻子也不伸出屋外去了。在这样可怕的暴风雪里，根本没有地方可去啊。

“怎么搞的？”莫蒙爷爷生着炉子，困惑不解而且提心吊胆地说。他老是走到窗边倾听着风的呼啸声。窗外，茫茫的雪雾正在迅速地变浓。

“你给我坐下来，”奶奶唠叨地说，“这种事情难道是第一次吗？”

“怎么搞的，怎么搞的，”奶奶学着他的样，“就因为冬天来了呗！”

“这真是太快了，在一天里头……”

“为什么不可以呢？难道要问过你才行吗？它，冬天，要来就来了呗！”

烟囱在呼啸。小孩起初害怕起来了，他在帮爷爷做家务时都快冻僵了，但屋里很快就生起了火，暖和了，散发着炽烈的松脂和松烟的气味，小孩安静下来了，烤着火。

接着就吃晚饭。后来就躺下睡觉。院子里雪飞舞着，风呼啸着。

“在森林里大概是可怕极了。”小孩听着窗外的声音，想道。忽然传来了一种模糊的人声，一种叫喊声，他开始感到不自在。有人在叫唤人，有人在回答。起初，小孩以为这是他的幻觉，这种时候谁能在护林所出现呢？可是莫蒙爷爷和奶奶都警觉起来了。

“有人。”奶奶说。

“是的。”老头迟疑地应声道，然后着忙起来，“这种时候，会是从哪儿来的呢？”他开始急急忙忙地穿衣服。

奶奶也着忙了，爬起来点上了灯。小男孩由于害怕，也很快地穿上了衣服。这时候人们走近了房子。人声嘈杂。来人踩着积雪，沙沙作响，他们在台阶上踩响着后跟，嘭嘭地敲起门来：“老大爷，开开门！我们要冻僵了！”

“你们是谁？”

“自己人。”

莫蒙开了门。带着一阵阵冷气、风和雪走进屋来的，就是白天那些乘车到阿尔察地区运草去的年轻小伙子们，他们浑身都被雪盖满了。小孩马上就认出了他们，也认出了那个穿水兵制服、送徽章给他的库鲁别克。他们带进来一个人，用手扶着他，这个人呻吟着，拖着一条腿。屋子里立刻忙乱起来了。

“上帝保佑！你们怎么啦？”莫蒙爷爷和奶奶异口同声地叫道。

“等会儿再讲吧！后面还有我们的七个人。不要迷了路才好。好，你坐在这儿。脚扭伤啦！”库鲁别克很快地说，一面让呻吟着的小伙子坐在炉灶的踏板上。

“你们的人在哪儿？”莫蒙爷爷忙碌起来，“我马上就去把他们领来。你快去，”他对外孙说，“告诉谢大赫玛脱，要他赶快带着电筒赶来。”

小孩一出屋子，气就给憋住了。他一辈子也不会忘记这严峻的一刹那。一种浓重的、寒冷的、呼啸着的怪物掐住了他的喉咙，开始使他发抖。可是他并没有害怕。他挣脱了那掐住他喉咙的爪子，用手保护着头，就向谢大赫玛脱的屋子跑去。总共不过二三十步路，而他却觉得自己跑了很远，穿过暴风雨，像巴图鲁去救自己的战士们一样，他的心充满了勇敢和坚定，他觉得自己是坚强有力、不可战胜的。当他还没有跑到谢大赫玛脱的房子前面时，仿佛已经建立了这样一些英雄的功勋，激动得气也喘不过来了。他想象自己跳过深渊，从一座山跳到另一座山，他挥舞着宝剑消灭一大群敌人，救出火里焚烧的人和河里淹没的人。他驾驶飘着红旗的喷气歼击机追赶一个毛茸茸的、黑色的怪物，那怪物沿着山谷和岩石向前逃奔。他的这架喷气歼击机飞快地追上那怪物。小孩用机枪对它扫射，并且喊道："消灭法西斯！"而这一切，每时每刻都有长角鹿母在场。它为他感到骄傲。当小孩跑近谢大赫玛脱的屋子门前时，长角鹿母对他说："现在你去救救我的儿子们，那些年轻的司机！""我一定去救他们，长角鹿母，我向你宣誓！"小孩说着，就开始嘭嘭地敲门。

"快一点，谢大赫玛脱叔叔，一起去救我们的人！"他一口气讲出了这些话，吓得谢大赫玛脱和古利江玛跳了起来。

"救谁？发生了什么事？"

"爷爷叫你赶快带着电筒去，国营农场的司机们迷路了。"

"傻瓜，"谢大赫玛脱骂他，"干吗不早说呢？"于是马上忙碌起来。

但这丝毫也没有使孩子感到委屈。谢大赫玛脱哪能知道，为了拼着命来找他，他建立了多么伟大的功勋，他又立下了多么伟大的誓言！后来，当孩子知道爷爷和谢大赫玛脱很快就在护林所旁边找到了七名汽车司机，并把他们带到家里来时，他也不太感到扫兴。万一碰得不巧，不是糟了吗！危险过去时，事情看起来总是比较轻松的……总之，这些人都找到了。谢大赫玛脱把他们领到自己家里去住了，甚至连被唤醒的阿洛斯古尔也收留了五个人在他家过夜。而所有其余的人就挤在莫蒙爷爷的屋子里。山里的暴风雪还没有平息下来，小孩在台阶上才站了一会儿，就已经分不出哪儿是左、哪儿是右，哪儿是上、哪儿是下了。暴风雪飞转着，发着狂。地面的积雪已没到膝上。

只是到现在，当所有的农场司机都已找到了，当他们都已暖和了并且从恐惧和寒冷中恢复过来的时候，莫蒙爷爷才小心地询问他们，发生了什么事。虽然不问也很清楚：他们在路上遇到了坏天气。小伙子们讲着，老头子和奶奶叹着气。

“喔唷，嗳唷！”他们对经过的事情表示惊异，不时把手抱在胸前，感谢上帝。

“而你们，小伙子们，穿得这样单薄，”奶奶责备他们，同时给他们斟上热茶，“难道可以穿这种衣服到山里去吗？小孩子，你们还是小孩子！只想要漂亮，跟城里人比。假使这次上帝不帮忙，迷了路，而且直到明天早晨呢？那你们就会冻得像冰块一样啦！”

“谁知道会碰到这种事情呢？”库鲁别克回答她说，“我们何必穿得那么暖和呢？万一发生什么情况，汽车里面有暖气，尽可坐在那里，就像在家里一样。只须转动转动方向盘就行了。要是坐飞机的话——它飞得多高啊，这些山从上面看下来只不过是些小土堆罢了——机舱外面是零下四十度，而在里面人们只穿着衬衫走来走去……”

小孩躺在羊皮上，挤在司机们中间，紧紧地靠着库鲁别克，张大耳朵听大人们说话。谁也想不到，他甚至为突然发生这样的暴风雪而高兴，因为暴风雪迫使这些小伙子们到护林所来找安身之地。他暗地里真希望暴风雪几天不要停，至少刮它三天，好让他们住在这里。和他们在一起多好、多有趣！原来，爷爷都认得这些人。如果不是认得本人，就是认得他们的父亲和母亲。

“好，”爷爷稍微带点骄傲地对外孙说，“看到自己的弟兄们，布古人啦。现在你可以知道，他们都是些什么样的人。瞧瞧吧！喔，现在的骑手们变得多么高大！愿上帝保佑你们健康。我记得，四二年冬天，我们被送到马格尼托高尔斯克的工地上……”

于是爷爷就讲起了小孩早已知道的那段历史。那时，来自全国各地的劳动战士，按身材高矮编成很长很长的一队，结果发现，吉尔吉斯人几乎全都排在最后面，都是矮个子。点名之后，大伙儿休息、抽烟。一个棕红色皮肤、身体非常结实的大高个子，向着他们走来，大声喊道：

“这些人是从哪儿来的？满洲人吗？”

他们中间有个老教师回答说：

“我们是吉尔吉斯人。当我们在这儿附近同满洲人打仗的时候，马格尼托高尔斯克连影子都还没有呢。而我们的身材那时候也像你一样。等结束了战争，我们还会长高的……”

爷爷回忆了这件很久以前的事情，满足地笑着，又一次看了看自己的客人们：

“那位教师说得对。现在我在城里或者在路上，仔细看看：全都是漂亮的、高大的人，已经不是过去那样了……”

小伙子们会意地笑了：老头子喜欢扯淡。

“我们长得倒是够高的了，”他们中间的一个人说，“可是在斜坡上翻车的时候，我们这么多人，可力气还是不够……”

“那当然不行啦。汽车装着草，何况又在这样的暴风雪里。”莫蒙爷爷为他们辩护，“这是常有的事。上帝如果帮忙，明天一切都能解决。主要的是，风要停下来。”

小伙子们告诉爷爷：他们今天到了阿尔察的割草场。

那里有三大堆割好的山地干草。他们同时从三堆草上动手装车。草装得很高，比房子还高，人从上面下来时要用绳子吊。就这样一车接一车地装着。驾驶室都看不见了，只看得见挡风玻璃、车头和轮子。既然来了，就想把所有的草都装走，免得再来一趟。他们知道，如果把草剩下，那就要等到明年了。活儿干得真欢。谁的车装好了，就开到一旁，自己去帮另一车装。几乎把所有的干草都装上了，剩下的不会超过两车。大伙儿吸过烟，安排好开车顺序后，就一起成一路纵队出发。他们走得很小心，几乎是摸索着下了山。草的分量是不重的，但车子走起来很不方便，甚至很危险，特别是在路窄的地方和急转弯的地方。

他们开着车，想也没想到前头会有什么事情等着他们。

从阿尔察高原下来后，就开进了一条峡谷，开出峡谷的出口，已经是黄昏了，暴风迎接了他们，还下起雪来。

“暴风雪的来势是这样猛，吓得我们背上立刻就湿透了，”库鲁别克说，“刹那间一片黑暗，风刮得连方向盘也抓不住。真担心汽车要被吹翻。加上路又是那么难走，连白天开车也有危险……”小孩屏住了气，一动也不动地听着，两只发亮的眼睛盯住库鲁别克。他所说的风和雪，仍旧在窗外发狂。许多司机和装卸工已经横七竖八地躺在

雪还是不停地下着，下着。轮子开始打滑了。车队在一个极陡的上坡道上停了下来。

地板上，连衣服和靴子也不脱就睡着了。而他们所经受过的一切，现在又正被这个大脑袋、细脖子和招风耳朵的小孩子经受着。

过了几分钟，路看不见了。汽车像瞎子跟着引路人一样，一辆跟着一辆跑，还不停地揿着喇叭，免得掉队歪到一边去。雪下得很密，就好像前面有一道墙堵着。车灯被封住，雨刷来不及扫清玻璃上的积雪，人只得从驾驶室里伸出头来驾驶。但这难道还能算是驾驶汽车吗？雪还是不停地下着，下着。轮子开始打滑了。车队在一个极陡的上坡道上停了下来。马达发狂般地吼叫着，但无济于事……汽车已经不能上坡了。人们从驾驶室里跳了出来，循着声音从一辆车子奔向另一辆车子，在车队的前头集合了。怎么办？生个火堆是不可能的。而坐在驾驶室里就意味着把剩下的燃料烧光，而本来要用这些燃料开到国营农场就已经很勉强了。如果在驾驶室里不开暖气呢，那简直就要冻死。小伙子们惊惶失措了。万能的技术装备现在无能为力了。怎么办？有人建议把一辆车上的草卸下来，所有的人都钻到草里去。可是很清楚，只要从车上解下绳子，就连一棵草也不会剩下：你连眼睛也来不及眨一下，暴风雪就会把草全都吹光。这时，汽车上的积雪越来越多，轮子底下尽是雪堆。小伙子们完全手足无措了，风吹得他们浑身冰冷。“我忽然想起来，老人家，”库鲁别克告诉莫蒙爷爷，“我们去阿尔察时，在路上遇到过他，喏，这位布古人小兄弟，”他指了指身边的孩子，亲切地摸了摸他的头。“他在路边跑。我停了下来。当然啦——问了好。我们谈了一会儿。是吧？你干吗不睡觉？”孩子微笑着点点头。可是有谁能知道，由于高兴和骄傲，他的心此刻跳动得多么厉害、多么响。这些小伙子中最强壮、最勇敢、最漂亮的一个，库鲁别克本人，谈到了他。但愿自己也能成为这样的人。

于是爷爷夸奖了他，一面往火里添柴。

“他是这样的。喜欢听别人谈话。你看，耳朵伸得多长！”

“我在那时候怎么会想起他来，我自己也不知道，”库鲁别克继续说，“我就对小伙子们说，声音大得几乎像是喊，因为风压倒了说话声。我就说，让我们到护林所去吧，否则就会死在这里。小伙子们冲着我的脸喊：怎么去呢？步行是走不到的。而且也不能把汽车丢下。我就对他们说：让我们把汽车推上山，打那儿起路就向下了。我们只要到达圣塔什谷地，那里离护林所就不远了，我们就可以从那里步行去找护林人了。小伙子们懂了。来吧，他们说，你来指挥吧。唉，既然出了这种事情……就先从头一辆汽车开始：‘奥斯莫纳尔，到驾驶室里去！’我们所有的人就用肩膀去顶汽车。动了！开始似乎有进展，后来力气都用光了。而且又不能向后退。当时我们产生了这样的感觉，仿佛我们向上推的不是一辆汽车，而是整整一座山。车子是什么样的呢？——一个装着轮子的大草垛！我就只知道拼命地喊：‘上！上！上！’但是自己听不到自己的声音。除了风，雪，其他什么也看不见。汽车叫着，哭着，就像活的东西一样，用尽最后一点力气爬了上去。于是我们到了这里。心脏好像要爆炸了，好像要散成碎片，脑袋昏昏沉沉……”

“啊呀呀！”莫蒙爷爷难过地说。“你们竟会碰到这种事。很可能还是长角鹿母亲自保护了你们——自己的孩子们。它救了你们。否则的话，谁知道呢……你听见了吗？院子里到现在还没平静下来，还是在吹呀，刮呀……”

小孩的眼皮粘在一起了。他迫使自己不要睡着，但眼皮又合了起来。他半睡半醒地听着爷爷和库鲁别克谈话的片断，他把现实同想象搅在一起了。他觉得，他也在那儿，也在那些遇到了山间暴风雪的年轻小伙子中间。在他的眼前出现了一条极陡的、通向白茫茫的雪山的道路。暴风雪刺着双颊，眼睛痛得像刀割一样。他们向上推着房子一般大的装满干草的汽车。他们在路上慢慢地、非常慢地上升着。而卡车已经不走了，出毛病了，后退了。这么可怕，这么黑暗，风又这么刺人。小孩由于恐惧缩成了一团，担心汽车会滑下来把他们压扁。但这时长角鹿母不知从什么地方出现了。它用角顶住了汽车，帮助他们向上推。“上，上，上！”——小孩喊道。汽车走了，走了。汽车上了山顶，接着就自己朝下开。而他们就又向上推第二辆，然后第三辆，以及剩下的许多汽车，而每一次都是长角鹿母帮助他们。谁也没有看到它，谁也不知道它就在他们身旁，只有孩子看到并且知道。他看到，每一次，当实在支持不住的时候，当情况危急的时候，当力气不够的时候，长角鹿母就跑过来，用角帮他们把汽车推上去。“上，上，上！”——孩子又接着说。他一直跟库鲁别克在一起。后来库鲁别克对他说：“坐到方向盘后面去。”他就坐进了驾驶室。汽车开始抖动并吼叫起来。而方向盘在手里自己会转，自由地，就像他很小的时候当汽车玩的桶箍一样。

小孩感到害臊，他的方向盘怎么会是这种样子的，跟玩具一般？忽然汽车开始倾斜，向一边倒去，而且轰隆隆地掉了下去，砸得粉碎。他大声地哭叫起来，感到非常害臊，简直不好意思再去见库鲁别克。

“你怎么啦？你怎么啦，啊？”库鲁别克把他弄醒了。

孩子睁开了眼睛。发现原来是做梦，心里暗自高兴。库鲁别克用手把他举了起来，紧紧地抱住。

“做梦了？吓坏了？唉，你呀，还算是英雄呢！”他用坚硬的、被风吹干了的嘴唇吻了吻孩子，“好，我让你躺下去睡，该睡了。”他把小孩放在铺着羊皮的地板上，在睡着的司机们中间，自己就躺在他旁边，两个人紧靠在一起，盖上了水兵制服。

清晨，爷爷叫醒了他。

“醒醒吧，”老头轻轻地说，“多穿些衣服，帮我做些事，起来吧！”

窗外天刚蒙蒙亮。屋子里大家都还横七竖八地睡着。

“拿去，穿上毡靴，”莫蒙爷爷说。爷爷身上发出新鲜干草的气味。这就是说，他已经喂过了马。小孩穿上了毡靴，和爷爷一起走到院子里。雪积得很厚，但风停了，只是偶尔还从地上吹起一阵阵雪来。

“好冷！”小孩子哆嗦了一下。

“不要紧，天晴了，”老头咕哝着说，“真想不到！第一次担任驾驶就出了事。好吧，只要没闯祸就行啦……”

他们走进养着五只羊的畜棚。老头在柱子上摸到了灯，点上了。羊在角落里骚动起来，向着灯光叫了起来。

“拿去，替我照着，”老头对外孙说，把灯交给了他，“我们把黑羊杀了吧。挤满了一屋子的客人，等他们起来时，我们就应当把肉准备好。”

孩子用灯照着爷爷。风还在畜棚的夹缝里嘶叫，院子里还是又暗又冷。老头先在门口丢了一束干净的草，然后才把黑羊牵到这块地方。在把黑羊放倒，捆住脚之前，他又想了想，蹲了下来。

“把灯放好，你也坐下来，”他对外孙说。他把两只手掌合在胸前，喃喃地说：“我们伟大的祖先，长角鹿母啊。我把黑羊供献给你，为了你在危险时刻救了我们的孩子，为了你用来喂大我们祖先的白色的乳汁，为了你善良的心，为了你慈母的眼睛。在山隘上，在汹涌的河上，在滑溜的小路上，不要抛弃我们。在我们的土地上永世不要抛弃我们，我们永远是你的孩子。阿门！”

他像祈祷那样地用手掌摸了摸脸，从额角一直摸到下巴。孩子也照样做了。于是爷爷把羊放倒在地，捆住了脚。从刀鞘里拔出了一把古老的亚洲式的刀。

孩子用灯照着他。

天气终于好转了。太阳有两次慌慌张张地从奔跑着的云块的间隙里探出头来。周围是一夜暴风雪的痕迹：遍地的雪堆，乱七八糟的灌木丛，被雪压得弯成弧形的小树，折倒了的老树。河那边，森林静悄悄地闷闷不乐似地站着，而河面好像低了一些，它的两岸堆满了雪，变陡了。水的响声也变轻了。

太阳不固定——一会儿出来，一会儿又隐藏起来。小孩忘记了一切恐惧和忧愁。昨夜的惊扰过去了，暴风雪过去了，积雪并不碍他的事，反而使他感到有趣。他到处跑来跑去，雪团从脚下四散飞开。家里住满了人，小伙子们睡醒了，大声地谈笑，狼吞虎咽地吃着为他们烧好的羊肉。这一切都使小孩很开心。

这时，太阳也不再躲躲藏藏，天空变得干净、明亮。乌云逐渐消散甚至变得暖和起来了。下得过早的雪迅速地融化了，特别是在大路和小路上。当司机和装卸工们准备上路的时候，小孩激动起来。客人们走到院子里，向护林所的主人们告别，感谢他们的招待。莫蒙爷爷和谢大赫玛脱骑着马送他们。爷爷带了一捆柴，谢大赫玛脱带着一只大铅桶，准备为冻住了的马达烧热水。

大家都离开了院子。

“爷爷，我也去，带我去吧！”孩子奔向爷爷。

“你自己看，我带着柴，谢大赫玛脱带着铅桶，没人能带你。再说，你上那儿去干什么？在雪地上走路，你会走不动的。”

小孩子生气了，板起了脸。这时库鲁别克讲话了：

“跟我们一起走吧！”他说，拉着孩子的手，“回来时和爷爷一起骑马。”

他们走向岔路口——从阿尔察割草场下来的那条路的路口。

那里的积雪还很厚。跟这些强壮的小伙子一起在雪地上赶路可不是那么轻松，孩子开始走不动了。

“来，爬到我背上来吧。”库鲁别克建议。他抓住孩子的手，灵巧地把他一下举到了自己的肩膀后面。动作这样熟练，好像天天都背着他似的。

“你真行，库鲁别克。”走在他旁边的一个司机说。

“我以前一直背弟弟妹妹，”库鲁别克吹嘘说，“我是老大，而我们兄弟姊妹一共有六个。母亲在地里干活，父亲也是。现在，妹妹们都已经有小孩了。我从部队回来时是单身汉，当时还没有开始工作。我那个最大的妹妹就说，到我们这儿来吧，就住在我们家，你看管小孩看得那么好。不行，我对她说，我现在要带自己的小孩了……”

他们就这样东拉西扯地谈着，走着。小孩骑在库鲁别克坚实的背上，感到很平稳、舒服。

“要是我有这样一个哥哥，”他幻想着，“我就谁也不怕了。如果阿洛斯古尔胆敢再骂爷爷或者碰一碰谁，只要库鲁别克稍微严厉地看他一眼，他就马上不敢吭声了。”

昨天夜晚留下来的装着干草的汽车，就停在岔路口往上约两公里的地方。它们盖满了雪，就像冬天田野里的草垛一样。看来，谁也没有办法搬动它们。

但是烧起了火堆，烧热了水。小伙子们开始用摇手棒发动机器，马达活了，呼哧呼哧地响了起来。接下去，事情就好办了。前头的这辆汽车把后面的车子拖动起来。于是每一辆已经发动的、加热了的汽车都依次拖动它后面的那一辆。

所有车子都发动了之后，小伙子们就用两辆汽车排在一起去拖夜里翻进沟里的那一辆。在场的人都帮着把车推上大路。小孩也挤在人堆里，帮着忙。他老是担心有人会说：“你干吗老是挤来挤去绊住我们的腿呀？去，走开点！”但是没有人说这种话，没有人赶他。可能是因为库鲁别克允许他给帮忙。而库鲁别克在这里是最了不起的，大家都尊敬他。

司机们又一次告别后，汽车终于开动了。起初很慢，后来变快，在雪山中的路上排成长长的一队。长角鹿母儿子们的儿子们离去了。他们不知道，在小孩的想象中，长角鹿母就隐身在他们前面的路上跑着。它迅速地在汽车纵队的前面跳跃、飞奔。在困难的道路上，它保护他们免遭灾祸和不幸，免遭山崩、雪崩、暴风雪、迷雾和其他祸害。而在多少世纪来的游牧生活中，吉尔吉斯人由于这些灾祸不知吃了多少苦头。当莫蒙爷爷在天亮时用黑羊献祭长角鹿母时，他向它祈求的难道不正是这些吗？

他们走了。小孩的冥想也随他们一起飞去了。他和库鲁别克并排坐在驾驶室里。“库鲁别克叔叔，”小孩对他说，“在我们前面的路上跑着长角鹿母。”“什么？”“真的。我说的是实话。喏，就是它！”

“你在想些什么？干吗老站着？”莫蒙爷爷使他清醒过来。“坐上来，该回家了。”他从马上俯下身子，把外孙抱上了马鞍。“你冷吗？”老头说着，用皮袄的大襟把外孙包得更暖和些。

那时候小孩还没有上学。

而现在，当他时时从沉重的梦境中醒过来的时候，他不安地想：“我生病了，我这么难受，明天我怎么去上学呢？……”接着，他迷迷糊糊觉得，自己正在把女教师写在黑板上的字抄到簿子里："At.Ara.Taka."[1]他，现在是一年级生，把这些字写满了整本簿子，一页接着一页。"At.Ara.Taka.At.Ata.Taka. "他累了，眼睛发花，并且感到热，非常热。小孩踢开了被子。而当他什么也不盖地躺着、冻着的时候，又做了各种各样的梦。一会儿他像鱼一样在冰冷的河里游，游向白轮船，但怎么也游不到。一会儿遇到了暴风雪，装着干草的汽车的轮子在雪雾弥漫的旋风中，在陡峭的山路上直打着空转。汽车嚎叫着，就像人们在嚎啕大哭，但车轮还是在原地空转着。轮子一面疯狂地转动一面冒出火花。轮子终于烧起来了，火从轮子里喷出来。长角鹿母用角顶住车身，把装着干草的汽车推上了山，而小孩用尽全身力气帮着它，浑身直冒热汗。忽然装草的车子变成了一只小孩的摇篮。他听到长角鹿母对他说："咱们快跑，把摇篮给别盖依姨妈和阿洛斯古尔姨夫送去。"他们就跑了起来。他落后了。可是在前面，在黑暗里，一直响着摇篮上的小铃铛。他跟着它的声音跑着。

他醒了，听见了台阶上的脚步声和开门声。莫蒙爷爷和奶奶回来了，他们好像平静了一些。看来，外人来到护

①吉尔吉斯文：马，父亲，蹄铁。

林所，也迫使阿洛斯古尔和别盖依姨妈安静下来了。不过也可能，阿洛斯古尔发酒疯发累了，终于睡着了。院子里既没有叫声，也没有骂声。

将近半夜时，月亮升到了群山上面。它像一个昏黄的盘子挂在高高的冰峰上。亘古不化的、冰封的山峰矗立在黑暗中，波浪似的山脊在月光照耀下闪着银光。周围的群山峭壁、黑黝黝的一动不动的森林笼罩着一片寂静。只有山下的河水拍打着岸边的岩石，发出哗哗的响声。

微弱的月光斜照进窗子来。这光线妨碍着小孩。他眯起眼睛翻来覆去。几次想请奶奶把窗帘拉上，但终于没有开口：奶奶正在生爷爷的气。

“傻瓜，”奶奶在躺下睡觉时低声说道，“如果你不知道怎样和人们过日子，那就至少不要吱声。听听别人的。要知道你是掌握在他的手里。你的工资就从他那儿来。尽管只有一点点，可是每个月都有。而没有了工资，你算是什么人？活到这么老了，还是没有脑筋……”

老头没有回答。奶奶也就不吱声了。后来，忽然又出乎意外地大声说：

“如果一个人被剥夺了工资，他就不是人了，他什么也不是！”

老头还是一句话也不回答。

小孩睡不着。头痛，思想乱糟糟的。想到了学校，他就担心起来。他还从来没有缺过课，假如明天不能到热列萨依的学校里去，那怎么办？小孩还想到，如果阿洛斯古尔把爷爷从工作岗位上赶走，那么奶奶就会使爷爷没法过日子。那时候他们又怎么办呢？为什么人们这样生活着呢？为什么有的人凶恶，有的人善良？为什么有的人幸福，有的人不幸？为什么有的人大家都怕，有的人谁也不怕？为什么有的人有孩子，有的人没有？为什么有的人可以不发工资给另外的人？大概，最好的人就是那些拿最大工资的人吧！爷爷工资拿得少，所以大家都欺侮他。唉，怎样能使爷爷也多拿些工资？也许，到那时阿洛斯古尔也会开始尊重爷爷了。他的头被这些思想搅得越来越痛了。他重又想起了傍晚在河对岸浅滩上看到的那些鹿。它们夜里在那儿怎么过？它们不是孤独地住在寒冷的石山里，住在黑洞洞的森林里吗？那里不是很可怕吗？万一有狼袭击它们，那可怎么办？谁还会把神奇的摇篮挂在角上给别盖依姨妈送来呢？

孩子惊恐不安地睡着了，迷迷糊糊地还在祈求长角鹿母带个白桦木的摇篮给阿洛斯古尔和别盖依姨妈。“让他们有孩子吧，让他们有孩子吧！”他恳求长角鹿母。于是听到了遥远的摇篮上的铃铛声。长角鹿母匆忙地赶路，鹿角上挂着神奇的摇篮……

第七章

你好，白轮船，这是我！

一清早，小孩被一阵抚摸弄醒了。爷爷的手是冷的，刚从街上来。小孩不由自主地蜷缩起来。……你已经听不见这支歌。你游走了，我的小兄弟，游到自己的童话中去了。你是否知道，你永远不会变成鱼，永远游不到伊塞克库尔，看不到白轮船，不能对它说：“你好，白轮船，这是我！”

一清早，小孩被一阵抚摸弄醒了。爷爷的手是冷的，刚从街上回来。小孩不由自主地蜷缩起来。

“躺着，躺着。”爷爷向手上呵着气，摸了摸外孙的前额，然后又把手心放到胸口，放到肚子上。“你会不会是生病了，”爷爷担忧起来，“你发烧了。而我刚才还在想，他怎么还躺着？该上学去了。”

“我马上就起来。”孩子抬起了头，只感到眼前的一切都旋转起来，耳朵里嗡嗡作响。

“别起来啦。”爷爷把外孙按倒在枕头上。“谁会把你这个病人送去上学？来，把舌头伸出来看看。”

外孙坚持自己的意见：

“老师要骂的。她非常不喜欢人家缺课……”

“不会骂的。我自己去说。来，把舌头伸出来。”

爷爷仔细地看了看孩子的舌苔和喉咙。按了很长时间的脉搏。

爷爷那几只干粗活而变得粗硬的手指，神妙地从外孙滚热、汗腻的手上摸出了他跳动着的心律。爷爷很有把握地安慰他的外孙：

“上帝是慈悲的。你不过是稍微有点伤风，受了凉。不要紧的，你今天就在被窝里躺一天，晚上我用热的羊尾巴油擦擦你的脚板和胸口，出它一身汗。上帝保佑，明天早上你就可以起床，像一匹野驴一样奔跑啦！”

莫蒙想起了自己昨天的事儿和可能会发生的一切，脸色又阴沉起来。他坐在外孙的被窝边，叹了口气，陷入了沉思。

“随便吧！”老头叹着气自言自语。“你这是什么时候生的病？”

“你干嘛早不作声？”他又对着外孙说，“是不是晚上得的病？”

“那是在傍晚。看到了对岸的鹿以后，我跑到你身边来。后来我就感到冷起来。”

老头不知为什么用一种抱歉的声音说：

“好……你躺着吧，我走了。”

他站起来，但外孙叫住了他：

“爷爷，我们在那儿看到的就是长角鹿母，是吗？那一只白的，像牛奶一样白，而眼睛是这种样子，瞅着，就像人一样……”

“你这小傻瓜。”莫蒙老头不自然地微笑了一下。

“好吧，就算是像你说的那样吧。也许就是它，”他低声地说，“鹿母是神奇莫测的，谁知道？……不过我想……”

爷爷没有说完。门口出现了奶奶。她急急忙忙地走进来，她已经打听到了一些消息。

“去，老头，到那边去。”奶奶进门就说。莫蒙爷爷这时低下了头，又变得可怜、垂头丧气了。“在那里，他们想用汽车把木头从河里拖出来，”奶奶说，“所以你就去，叫你做什么你就做什么……

“喔，我的上帝，牛奶还没有烧呢！”奶奶忽然想起来了，就动手去生炉灶，把碗盏碰得丁当作响。

老头皱起了眉头。他想反驳，想说些什么。可是奶奶不让他开口。

“喂，你干嘛盯住我看？”奶奶生气了，“你干嘛还要这么死心眼？我们这样的人可不能死心眼啊，你这倒霉鬼！你是什么人，敢去反对他们？你看，来找阿洛斯古尔的都是些什么人？他们的汽车又是什么样的？这种车子能装十根木头在山里开！懂吗？至于阿洛斯古尔，现在甚至看也不看我们一眼。不管我怎样劝说，怎样低三下四，他就是不放你的女儿进门。现在你那不会生育的女儿坐在谢大赫玛脱家里。眼睛也哭肿了。她在诅咒你——她那没有头脑的父亲！……”

“好了，够了！”老头忍耐不住了，一边向门口走去，一边说：“孩子病了，给他吃些热牛奶。”

“我给，我会给他热牛奶的，去吧，去吧，看在上帝的分上。”送走了老头之后，她还咕哝着说：“他究竟中了什么邪了？从来不跟谁顶撞，总是非常顺从，可忽然来那么一下，而且还骑上了阿洛斯古尔的马，飞一样地跑。这一切都是因为你。”她那凶恶的眼光像箭一样射向小孩那一边，“居然为这种人去冒险！……”

不久，她给孩子拿来了浮着一层黄油的热牛奶。牛奶烫嘴，而奶奶坚持着强迫他喝：

“喝，趁热喝，别怕。只有用热的东西才能把伤风赶跑。”

孩子烫痛了，眼泪滚了出来。奶奶忽然和蔼起来：

“好吧，凉一凉，稍微凉一凉……也真巧，你偏偏在这种时候生病！”她叹了一口气。

小孩早就忍不住要小便了。他爬起来，感到浑身有一种奇怪而软绵绵的疲弱无力的感觉。奶奶猜到了：

“你怎么，想小便吗？”

“是的。”孩子答道。

“等一等，这就给你。”

她给他拿来了溺盆。

孩子迟缓地转过身去，在盆子里小便。他觉得很惊奇：小便是这样黄，这样热。

现在他感到自己好多了。头痛减轻了。

他安静地躺在被窝里，很感谢奶奶的照料。他想，明天早上病一定会好，而且一定要去上学。他还想到怎样到学校里去讲述森林里出现的三只鹿：一只白鹿就是长角鹿母自己。它有一只小鹿，已经很大很结实了。和它们在一起的还有一只健壮的、角特别大的褐色公鹿，它强劲有力，保护着长角鹿母和小鹿不受狼的袭击。他又想到，他还想告诉大家，如果鹿留在他们这儿不离开了，那么长角鹿母就一定会给阿洛斯古尔姨夫和别盖依姨妈带来一只神奇的摇篮。

早晨，鹿来到了水边。当短暂的秋天的太阳在山峰上刚刚露出半个身子的时候，它们就从上面的林子里走了出来。太阳越升越高，下面群山中间也越来越显得明亮、温暖。在一夜沉睡以后，森林重又生气勃勃，五彩缤纷。

这些鹿穿过树林，不慌不忙地走着，在林间空地上晒晒太阳，尝尝树枝上带露水的叶子。它们还是按那个次序走——前面是大角公鹿，中间是小鹿，最后是腰部发达的母亲，长角鹿母。鹿走的小路，就是昨天阿洛斯古尔和莫蒙爷爷把那根倒霉的松木放到河里去的那条路。木头拖过的痕迹还留在山里的黑土上，像刚翻耕过的带着草皮碎块的犁沟。这条小路引向浅滩，木头就卡在那里的河底石块中间。

鹿向这个方向走去，是因为这地方有浅滩，喝水方便。阿洛斯古尔、谢大赫玛脱和两个来运木头的人也向这里走来，是为了看看怎样才能把汽车开得更近些，以便用绳缆把木头从河里拖上来。莫蒙爷爷迟疑不决地低着头跟在大家后面走。他不知道在昨天的一场吵闹以后他该怎么办、怎样表现、做些什么？阿洛斯古尔会不会让他工作？会不会像昨天一样，当他想用马去拖木头的时候，把他赶走？万一他说："你上这儿来干吗？不是说过了吗，你已经被解雇了！"万一他在众人面前骂他一顿，把他打发回家呢？老头疑虑重重地走着，像去受刑一样，但还是走着。后面跟着奶奶。她跟来没有什么原因，好像是出于好奇心，但实际上她是在押送老头子。她强迫百事管的莫蒙同阿洛斯古尔和解，要他设法取得阿洛斯古尔的宽恕。阿洛斯古尔走路很神气，摆出一副当家人的架子。一边走，一边大声喘气，打呼噜，严厉地朝两边看着。虽然酒喝多了头痛，但当他一回头，看到莫蒙爷爷像被主人打过的忠心的狗一样跟在后面时，他感到一种复仇的满足。“没什么，这还不算完呢。我现在看也不看你一眼。我现在只当没有你这个人。你还得亲自跪倒在我脚下。”阿洛斯古尔洋洋自得地想起了昨天夜里妻子在他脚下拼命喊叫的情形，当时他用脚踢她，把她踢出了门。“让他们去。等到把这些人和木头打发走了，我还要把这父女俩弄到一起让他们打架。现在她会把父亲的眼睛也挖出来。完全变野了，像只母狼一样。”阿洛斯古尔和来人一边走一边谈话，同时在谈话间隙这样想着。

来人叫柯凯塔依，是个身体结实、皮肤黝黑的乡下人，是沿湖地区集体农庄里的一个会计。他和阿洛斯古尔的友谊由来已久。十二年前，柯凯塔依为自己造了一座房子。阿洛斯古尔帮他解决了木头，把大的圆木贱卖给他锯板。后来这个乡下人替大儿子娶媳妇，给新婚夫妻造了房子，又是阿洛斯古尔供应他木头。现在柯凯塔依要和小儿子分家了，需要木头造房子。还得请老朋友阿洛斯古尔帮忙。生活，可真是难啊！做完了一件事，你就想，好了，现在可以平平稳稳地过日子了。但忽然生活又出了新花样。现在如果没有像阿洛斯古尔这样的人，那无论如何是不行的……“愿上帝保佑，我们很快就能邀请你来庆祝新屋落成。你来了，我们痛痛快快地喝一阵。”柯凯塔依对阿洛斯古尔说。

阿洛斯古尔得意地抽着香烟。

“谢谢。请客吃饭，一准到，不请呢，也不死乞白赖地强求。到时候你来叫，我就去。我也不是第一次到你家去作客。我现在在想：你是不是稍等一下，到晚上天黑了再运出去？主要的是，经过国营农场时不要被发现。否则，万一被发觉了……”

“没错，”柯凯塔依犹疑不决，“但是到晚上还要等很长时间。我们还是悄悄地走吧。在路上反正不会有岗哨检查我们……不过，万一碰上民警或者其他什么人……”

“就是这话，”阿洛斯古尔喃喃地说，由于胃里难受和头痛皱着眉头，“你为了公事在路上走一百年，一条狗也不会碰上，而在这一百年中有一次装了木头，就会倒霉。总是这样……”

他们不声响了，各人想着各人的事。阿洛斯古尔现在对昨天不得不把木头丢在河里这件事极其恼火。否则，如果木头已经准备好，昨天夜里就可以把它装上车，天蒙蒙亮就可以打发汽车上路……唉，偏偏会在昨天发生这种事！这都是因为莫蒙那个老混蛋，他打定主意造反了，想不服从了。好吧！别的算了，但这件事不会让你这么马马虎虎过去的……

当人们来到河岸时，鹿正在对岸喝水。这些人真是怪物——忙忙碌碌，吵吵嚷嚷。他们忙于自己的事情和谈话，根本没有发现河对岸的鹿。

鹿站在朝霞染红的灌木丛中，脚下是洁净的沙滩，河水浸到踝骨。它们小口地喝着冰冷的水，不慌不忙地喝喝停停。阳光越来越温暖，越来越明亮。鹿一边喝水，一边享受着太阳的温暖。它们下山时从树枝上落在背上的大量露水慢慢干了，背上冒着淡淡的雾气。这是一个平静的、非常令人愉快的早晨。

人们一直没有发现鹿。他们中间的一个人回到汽车那里去了，其余的人留在岸边。鹿摆动着耳朵，敏感地听着偶尔传来的人声，而当挂着拖车的汽车在对岸出现时，它们颤抖了一下。汽车发出时高时低的轰隆声。鹿动了一下，决定离开。但汽车忽又停了下来，不再吼叫。于是它们放慢了脚步，小心地走动着——对岸的人们说话太响，而且乱糟糟的。

鹿轻轻地在河滩中的小路上走，它们的背和角时常从灌木丛中间露出来。人们还是没有发现它们。直到它们走出河滩林，开始穿过宽阔的干沙滩时，在淡紫色的沙上，在明亮的阳光照耀下，人们才非常清楚地看到了它们。人们一下呆住了，个个张大了嘴。

“看，看，这是什么！”谢大赫玛脱第一个叫了起来，“鹿！它们是从哪儿来的？”

“你嚷什么，吵什么！这不是鹿，这是大角鹿。我们昨天就看见了，”阿洛斯古尔毫不在意地说，“它们从哪儿来的？大概总是别地方来的。”

“乖乖，乖乖，乖乖！”体格结实的柯凯塔依高兴极了，由于激动，他解开了衬衣领子，兴高采烈地说，“毛色多么光滑，喂肥了……”

“那只母鹿多棒！看，走路的样子，”司机瞪着眼睛接着说。“真的，同两岁的母马一样。我头一次看见。”

“而公鹿呢！好大的角，你瞧！只有它才配有这样的角。它们什么也不怕。它们是打哪儿来的呢，阿洛斯古尔？”柯凯塔依追问着，他那猪一样的小眼睛在贪婪地闪光。

“可能是从禁猎区跑来的，”阿洛斯古尔带着当家人的尊严，神气地回答，“从山那边来的。为什么不怕？没有受过惊吓，所以就不怕。”

“唉，要是现在有一支枪！”谢大赫玛脱突然说，“它们身上的肉大约有四百多斤，对不对？”

一直畏缩地站在边上的莫蒙这时忍不住了：

“你怎么啦，谢大赫玛脱，打鹿是禁止的。”他轻声说。

阿洛斯古尔用阴沉的眼光向老头斜瞟了一眼。“你还敢在我面前多嘴！”他憎恨地想。他想用最刻毒的话咒骂老头子，但忍住了。

到底是有外人在场。

“别来教训人，”他恼火地说，看也不看莫蒙，“在繁殖它们的地方，是禁止打的。我们这里不养鹿。我们不必为它们负责，清楚吗？”

他严厉地看着手足无措的莫蒙。

“清楚了。”莫蒙驯服地回答，并且低下头走到一边去了。这时奶奶又一次偷偷地拉了拉他的袖子。

“你最好别作声。”她轻声地指责道。大家都似乎有些不好意思地低下了头。

人们重又开始观察那些在陡峭的小路上走着的动物。鹿一个接一个地走上了陡岸。前面是褐色的公鹿，骄傲地晃动着自己强大的角。它后面是没有角的小鹿。长角鹿母走在行列的最后。在洁净的粘土断层的背景上，鹿看起来十分清楚，而且轻盈优美。它们的每一个动作，它们的每一步都清晰地展现在人们眼前。

“哎，多么美！”司机惊叹不已。他是个暴眼睛的年轻小伙子，外表看起来很温和，“可惜没有带照相机，否则……”

“算了吧，美，”阿洛斯古尔不满地打断他，“别再站着了。靠美吃不饱肚子。来，把汽车倒开过来，车屁股对着河岸，尽量开进水里去。你，谢大赫玛脱，脱掉靴子！”他下着命令，心里为自己的权力而高兴。“你，”他指给司机看，“去把绳缆钩在木头上。快一些，还有事呢。”

谢大赫玛脱使劲地从脚上拉着靴子。他的靴子太小了一些。

“你看什么，去帮帮他，”奶奶暗中推了推老头，“你也把靴子脱了，下水里去。”她恶狠狠地低声提醒他。

莫蒙爷爷奔过去帮谢大赫玛脱拉下靴子，自己也很快地脱了。

这时，阿洛斯古尔和柯凯塔依在指挥汽车。

“到这边来，到这边来。”

“稍微左一点，稍微左一点。好！”

“再左一点点。”

小路上的鹿听见下面不平常的汽车吼叫声，加快了脚步。它们慌张地朝后望望，跳上了陡岸，一下子消失在白桦丛中了。

“噢，不见了！……”柯凯塔依忽然遗憾地叫了一声，就好像到手的东西又从手里逃走了似的。

“不要紧，它们跑不了！”阿洛斯古尔猜到了对方的意思，并且对此很满意，就夸口道，“今天天晚以前你别走，我请客。这是天意，我好好地请请你。”他哈哈一笑，拍拍朋友的肩膀。阿洛斯古尔也是能够寻开心的。

“好，既然这样，就听你的吩咐——你是主人，我是客人。”身体结实的柯凯塔依服从了，在微笑的时候露出了一排大黄牙。

汽车停在岸上，后轮有一半浸在水里。司机不敢冒险再开进去。现在要做的是用绳缆拖住木头，如果绳缆的长度够得上，那么把木头从水底石头缝里拖出来就不会特别费力了。

绳缆是钢丝做的，又长又重。必须在水里把它拖向木头。司机不太乐意地脱着靴子，担心地望望河水。他还没有决定：脱了靴子到河里去还是穿着比较好？“大概还是赤脚好，”他想，“反正水会从靴筒里进去的。这么深，几乎要到大腿。现在不脱，以后一整天就要穿湿靴子了。”但他也想象得出，现在的河水该有多冷。莫蒙爷爷就抓住了这一个机会。

“你别脱靴子了，孩子，”他跑到司机旁边，“我和谢大赫玛脱两个人去。”

“不必客气，老大爷。”司机不好意思地说。

“你是客人，而我们是这里的人，你去坐在方向盘后面吧！”莫蒙爷爷说服了他。

当他和谢大赫玛脱用棒穿进绕成一圈的钢索，拖着在水里走的时候，谢大赫玛脱拼命尖叫起来：

“哎，哎！这是冰！不是水！”

阿洛斯古尔和柯凯塔依宽宏大量地笑着，鼓励着他，“熬一熬，熬一熬！我们会有东西使你暖和过来的！”莫蒙爷爷一声不响。他甚至没有感觉到冷。为了尽量不引人注目，他把脑袋缩进肩胛，赤脚在滑溜溜的水底石头上走着。他暗自祷告上帝，但愿阿洛斯古尔不要叫他回去，不要赶走他，不要在众人面前骂他，饶了他这个愚蠢的、不幸的老头……

阿洛斯古尔什么也没有说。他表面上似乎根本没有注意到老头的巴结，不把他看在眼里，而心中却得意洋洋，他终于把这个造反的老头制服了。“就这样，”阿洛斯古尔刻薄地暗笑着，“爬来了，跪在我的脚下了。唉，可惜我没有更大的权力，否则比他好得多的人我也能使他们绝对服从。比他好得多的人我也能叫他们在地上爬。哪怕是给我一个集体农庄或国营农场吧，我一定好好地管起来。他们把人都惯坏了，还要抱怨，说什么对农庄主席不尊重，对农场场长不尊重……现在一个起码的牧羊人，也竟敢平起平坐地同领导说话了，这种领导都是些不配当权的傻瓜！难道可以这样对待他们吗？从前不是有过这样的时代吗？人头纷纷落地，却没有人敢吭一声。相反，人们更敬爱你，歌颂得更多。这才对啊！可现在怎么样？连最无用人中的最无用的也忽然敢顶撞起来。好吧，你就给我爬吧，爬吧！”阿洛斯古尔幸灾乐祸地偶尔向莫蒙老头那边望一眼。老头正涉着冰冷的水，伛偻着身子，和谢大赫玛脱一起拖着钢索。老头由于阿洛斯古尔看起来已经饶了他而感到放心。“你原谅我老头子吧，原谅昨天发生的事吧，”他心里对阿洛斯古尔说，“昨天我实在忍不住，才骑上马到外孙的学校去。他孤零零地一个人，使人不能不怜惜他。而今天他没有去上学，不知为什么生病了。忘了吧，原谅我吧，你和我又不是外人。你以为，我不希望你和我女儿两人都幸福吗？如果上帝肯开恩，如果我能听到你妻子、我那女儿的新生婴儿的哭声，我一定会感谢上帝，哪怕上帝立刻抓走我的灵魂，我也一定会幸福得哭起来，我敢起誓。只要你别欺侮我的女儿，原谅我吧。至于工作，只要我还有一口气，我就一直干下去。我会把一切都做好，你只消说一声……”

奶奶在河岸上站着，不住地打手势和做着怪样子暗示老头子，“卖力些，老头子！你看，他已经原谅你了。照着我说的去做，一切都会好起来的。”

小孩睡着了。他只醒了一次，那是当某一个地方响起了枪声的时候。但他马上又睡着了。由于昨夜失眠和疾病的折磨，今天他睡得很香、很安稳。他在梦中也感觉到，躺在床上，自由自在地伸展着身体，既不热又不冷，是多么舒服。如果没有奶奶和别盖依姨妈，他大概还会睡很久。她们两个虽然竭力轻轻地小声说话，但把碗盏弄响了，他就醒了。

“你拿着大碗，再拿只盆子，”奶奶在前房兴奋地轻轻说着，“我拿着桶和筛子。喔唷，我的腰！累极了，做了多少事啊！可是，感谢上帝，我真高兴。”

“喔唷，别说了，妈妈，我也很高兴。昨天简直想寻死，如果不是古利江玛，我早就自杀了。”

“你还说呢，”奶奶开导她，“胡椒拿了？走吧，上帝亲自送了礼来为你们俩讲和的。走吧，走吧！”

临出门时，别盖依姨妈在门口向奶奶问起小孩。

“他一直睡着？”

“再让他睡一会儿吧，”奶奶回答说，“等东西烧好了，热热的给他拿一碗来。”

孩子再也睡不着了。从院子里传来脚步声和说话声。别盖依姨妈笑着，而古利江玛和奶奶也跟着她笑。还有些不熟悉的声音。“这大概是夜里来的人，”他猜想，“这就是说，他们还没有走。”就是没听到，也没看到莫蒙爷爷。他在哪儿？他在干什么？

小孩听着外面的声音，等着爷爷。他很想和他谈谈昨天看到的那些鹿。马上就是冬天了，应该在林子里多留些干草给它们，让它们吃。应该教会它们完全不怕人，甚至过河到这院子里来。而在这里，他将给它们吃它们最喜欢的东西。他很想知道它们最喜欢的是什么？最好能把幼鹿驯养熟了，让它到处跟着他走，那该多好！

也许，它会跟他一起去上学？……

孩子等着爷爷，但他不来。忽然谢大赫玛脱来了，他不知为了什么事情显得非常满意，兴高采烈的。他摇晃着，自己对自己笑。当他走近时，鼻子里冲出一股浓烈的酒精气味。小孩很不喜欢这种又臭又辣的气味，它使人想起阿洛斯古尔的骄横以及爷爷和别盖依姨妈的痛苦。但谢大赫玛脱和阿洛斯古尔不同，他喝醉时，就变得和善与快活，变成了一个好脾气的、傻里傻气的人，虽然他在清醒时也不见得聪明。在这种场合，他和莫蒙爷爷就会谈起大致如下的对话：

“你笑什么，谢大赫玛脱？像傻瓜一样。你打架打够了吧？”

“老人家，我是这样的爱你。说真的，老人家，像亲生父亲一样。”

“哎，得了吧！别人像你这样年纪早就会开汽车了，而你连舌头也管不住。我要是像你这样的年纪，至少也会在拖拉机上坐坐了。”

“老人家，在军队里指挥员对我说，我在这方面不行。可是我是步兵，老大爷，而没有步兵，到哪儿都不行的……”

“步兵！你是懒汉，不是步兵！而你的老婆……唉，上帝不长眼睛！像你这样的人，一百个也抵不上一个古利江玛！”

“可我们在这儿，老大爷，我一个，她也一个。”

“唉，跟你有什么可讲的呢……身体像牛，而脑筋……”莫蒙爷爷失望地挥挥手。

“嘚嘚嘚。”谢大赫玛脱哼哼哈哈地跟在他后面笑着。

接着，站在院子中间，唱起了一支古怪的、不知从哪儿听来的歌：

我骑着火红色的马，

从那火红色的、火红色的山上下来了，

喂，火红色的商人，开开门，

让我们一起喝火红色的酒！

我骑着棕褐色的牛，

从那棕褐色的、棕褐色的山上下来了，

喂，棕褐色的商人，开开门，

让我们一起喝棕褐色的酒……

这样可以没完没了地唱下去，因为他从山上下来，骑的可以是骆驼、公鸡、老鼠、乌龟以及一切只要是会走动的东西。喝醉了的谢大赫玛脱甚至比他清醒的时候更使小孩喜欢。

因此，当喝过酒的谢大赫玛脱出现时，小孩很亲热地向他微笑了。

“嘿！”谢大赫玛脱惊奇地叫了起来，“他们对我说，你生病了。可你完全没病。你为什么不到院子里去跑跑？这样可不行。”他倒在小孩的床上，一阵酒气和新宰的生肉气味向着小孩扑来。他开始抚弄着孩子，亲吻他。他那长满了粗硬胡子的面孔刺痛了孩子的脸。

“好了，够了，谢大赫玛脱叔叔，”孩子求饶似地说，“爷爷在哪儿？你没看见他吗？”

“你爷爷在那儿，正是，”谢大赫玛脱不肯定地挥挥手，“我们……从水里拖出了木头。于是喝点酒暖和暖和。而现在，他正在烧肉。你快起来，穿上衣服，我们一块去。这怎么行？这不对头！大家都在那儿，而你一个人在这儿。”

“爷爷叫我不要起来。”孩子说。

“你算了吧，他根本没说过！走，我们看看去。这种事情可不是天天有的。今天是宴会。碗里也是油，汤匙里也是油，嘴里也是油！快起来吧！”

他用醉汉的笨拙动作给小孩穿衣服。

“我自己穿。”小孩隐隐感到有些头昏，想拒绝他。但喝醉了酒的谢大赫玛脱没有听他的。他认为这是在做好事，他们不该把孩子一个人丢在家里，特别是像今天这样的日子，碗里也是油，汤匙里也是油，嘴里也是油……

小孩摇摇晃晃地跟着谢大赫玛脱走出了屋子。这一天山里有风，多云。云在天空中迅速地移动。当他走过台阶的瞬间，天气就剧烈地变了两次——从太阳照得睁不开眼的晴天变到了不愉快的阴天。他因此感到有些头痛起来。一阵风吹过来，火堆上的烟吹到他的脸上。眼睛难受极了。“大概今天她们洗衣服。”他这样想。因为平时只在大洗衣服的日子才在院子里生起火堆，在一个巨大的黑锅子里烧水供三家人家用。这只锅子一个人拿不动，别盖依姨妈和古利江玛两人一道才能把它抬起来。

孩子最喜欢洗衣服的日子。第一，有露天的火堆，可以玩玩火，这在屋子里是办不到的。第二，把洗好的衣服分开挂起来也是很有趣的。绳子上白的、蓝的、红的布料装饰着院子。小孩还喜欢悄悄走到挂在绳子上的衣服旁边，用脸颊去碰碰潮湿的布料。

这一次院子里可没有任何衣服。而锅子下面的火很旺，浓浓的蒸汽从烧开的装满了大块小块肉的锅子里冒出来。肉已经烧好了：肉的香味和火堆的气味一起钻到鼻孔里，令人馋涎欲滴。别盖依姨妈穿着红色连衫裙、新皮靴，披着花披肩，把身体俯在锅子上，正在用勺子撩去泡沫。莫蒙爷爷跪在她旁边，翻弄着火堆里的柴火。“喏，你的爷爷，去吧！”谢大赫玛脱对小孩说。接着，又开始唱起来：

我骑着火红色的马，

从那火红色的、火红色的山上下来了……

这时候，阿洛斯古尔从板棚里钻了出来，脑袋剃得光光的，手里拿着斧头，衬衫的袖子卷了起来。

“你跑到哪儿去啦？”他厉声地喊住谢大赫玛脱。“客人在这里劈柴，”他向正在劈柴的司机点点头，“而你倒唱歌。”

“好，我马上就来。”谢大赫玛脱说着，一面向司机走去，“来，兄弟，我自己来。”

孩子走近了跪在火堆边的爷爷。他是从爷爷背后走过去的。

“爷爷！”

爷爷没有听见。

“爷爷！”小孩子重复了一声，碰了碰爷爷的肩膀。老头回过头来，一张醉醺醺的脸，小孩认不出他来了。爷爷也喝醉了。小孩想不起爷爷什么时候曾经喝醉过酒，即使偶尔喝喝，那也只是在伊塞克库尔老人们的葬后追悼宴上，那是要向所有的人，甚至女人，也敬上伏特加酒的。至于像今天这样无缘无故地喝醉酒——爷爷还从来没有发生过这种事。

老人好像用一种离得远远的、奇怪而粗野的目光来看孩子。他的脸又热又红，当他认出这是外孙时，红得更厉害了。脸上一时血红血红的，但立刻又泛白了。

“你怎么啦？”他声音沙哑地问着，把外孙拉到怀里。“你怎么啦？你怎么啦？”除了这几个字，他什么也说不出来，仿佛失去了说话的能力。他的激动也传给了外孙。

“你病了吗？爷爷？”他担忧地问。

“没有，没有，没什么！”莫蒙爷爷含糊地说，“你去吧，稍微走一走。我这里在弄柴火……”

他几乎是把外孙一把推开，仿佛是把整个世界丢开似的，重新把脸转向火堆。他跪着，哪儿也不看，眼睛直瞪着前面的火堆。老头没有看见，他的外孙失魂落魄地转了一会，就顺着院子向正在劈柴的谢大赫玛脱走去。

孩子不知道爷爷发生了什么事，也不知道院子里发生了什么事。直到走近板棚，他才注意到一大堆鲜红的肉放在一张摊在地上的毛朝下的兽皮上面。兽皮四周还在渗出一股股的血。远处，在泼污水的地方，一条狗低声叫着，在乱咬内脏。肉堆旁边，像一块石头一样，蹲着一个高大的、黝黑脸孔的陌生人。这就是柯凯塔依。他和阿洛斯古尔手里拿着刀在分肉。他们毫不在乎，把大块连着骨头的肉不慌不忙地分几堆丢在兽皮上。

“简直太高兴了！这气味有多么好！”黝黑结实的乡下人嗅着一块肉，用男低音说着。

“拿去，拿去，丢在自己的一堆里去吧！”阿洛斯古尔慷慨地向他建议。“这是你来的那天上帝从自己的畜群里拿来送给我们的。这种事情不是天天都能碰得到的。”

阿洛斯古尔喘着气，常常站起来摸摸自己绷紧的肚皮，仿佛他吃得太饱了，并且可以看出他已经痛痛快快地喝过一通了。他大声地喘着气，不时伸伸脖子，以便缓过气来。他那长满横肉的、像红肿的奶牛乳头似的脸由于自满和醉饱而发光。

当小孩忽然看到墙脚下带角的鹿头时，他呆住了，浑身颤抖着。斫下的鹿头丢在灰尘里。灰尘浸透了鹿头流出来的血，成了一块块暗色的斑点。这鹿头像一段从路上被踢到一旁去的多节枝的粗木块一样。头的旁边放着四只带蹄的脚，是齐膝盖关节处斩下来的。

孩子惊恐地看着这一幅可怕的图景。他不相信自己的眼睛。在他面前居然放着长角鹿母的头。他想跑掉，但两脚却不听使唤。他站着，痴痴地望着白鹿的难看的、毫无生气的头。这就是那一只昨天还是长角鹿母，昨天还从对岸用善良的、专注的眼光看着他的白鹿。这就是他在心里同它说话，求它在鹿角上带来一只有铃铛的神奇的摇篮的那只白鹿。可是现在，所有这一切忽然变成了不成样子的一堆肉、一张剥下来的皮、斩断了的脚和丢得远远的头。

他应当走开了，但他还是僵直地站着。他不能理解这一切是怎样发生的，为什么会发生。黝黑结实的乡下人，就是那个分肉的人，从肉堆里用刀尖戳了一块鹿腰子，递给小孩。

“拿去，小孩，在火上烤烤，味道可美呢！”他说。

孩子没有反应。

“拿去吧！”阿洛斯古尔命令道。

小孩不由自主地把手伸了过去。他还是失神地站着。冰冷的手里紧握着长角鹿母的一块还有些温热的腰子。这时阿洛斯古尔抓住鹿角，举起了白鹿的头。

“挺沉哪，”他掂了掂分量，“光是角就够重的了。”

他把鹿头侧过来放在一块木墩上，拿起斧头就往头盖骨上劈去。

“好鹿角！”他喊叫着。咔嚓一声就把斧刃劈进了角的根部。“我把这个给你爷爷。”他向孩子眨眨眼。“等他一死，我们就把鹿角放在他坟上。让人去说我们不尊重他吧。还要怎样呢！有了这样一对鹿角，哪怕今天就死也不罪过啦！”他哈哈大笑，一边又举起斧头瞄准着。

鹿角劈不下来。原来，要劈下它们并不容易。醉醺醺的阿洛斯古尔老是劈不准，这可把他气疯了。鹿头从木墩上滚下来。阿洛斯古尔就在地上劈它。鹿头跳到了旁边，他就又拿着斧头跟着劈。

小孩哆嗦着，每劈一下他都不由自主地把身体向后一仰，但他又无力使自己离开这儿。就像在恶梦中一样，他被一种可怕的和不可理解的力量钉在地上，惊异地看着。长角鹿母那玻璃球一样的、不再眨动的眼睛，竟一点也不怕斧头。既不眨，也不吓得眯起来。它的头早就在污秽和灰尘里打滚了，但眼睛还是洁净的，而且看上去还在带着临死前的惊奇看着世界。孩子担心，醉醺醺的阿洛斯古尔会劈中这双眼睛。

鹿角还是劈不下来。阿洛斯古尔变得越来越疯狂，越来越凶恶，他已经不光是用斧刃而且用斧背在鹿头上乱敲一气了。“你这样会把鹿角弄坏的。让我来吧！”谢大赫玛脱走了过来。“滚！我自己来！什么弄坏不弄坏！”阿洛斯古尔挥舞着斧头，嘶哑地叫嚷。

“好吧，随你的便！”谢大赫玛脱啐了一口唾沫，回家去了。他后面跟着那个黝黑结实的乡下人，背上背着一袋分到的肉。阿洛斯古尔以一种醉汉的固执继续在板棚外面砍长角鹿母的头。简直像是在进行一次等待已久的复仇。

“你这畜生！你竟敢这样！”他口吐白沫，用靴子踢着鹿头，仿佛它能听见他说话似的。“不，不许你胡闹！”他举着斧头一次又一次地劈上去。“如果制服不了你，我就不是我了。你敢！你敢！”他挥舞着斧头。鹿头骨裂开了，碎骨片向四面飞溅开来。

当斧头凑巧劈中了鹿的眼睛时，小孩尖叫了一声。他看到翻转的鹿眼珠里迸射出黑色的、浓浓的液体。眼睛不见了，消失了，空了……

“再硬的头我也能打碎！再硬的角我也能折断！”阿洛斯古尔咆哮着，对无辜的鹿头大肆发泄他的怨毒、仇恨的情绪。最后，他从鹿头顶和额角上把整个头骨劈开了。于是他丢下斧头，用脚把鹿头踩在地上，双手抓住鹿角用野兽般的力气死命地撕拉着。鹿角发出断裂声，像树根被折断时一样。这正是小孩苦苦哀求长角鹿母，要它把神奇的摇篮挂在上面给阿洛斯古尔和别盖依姨妈送来的那一对角……

小孩感到一阵难过。他扭转身，把鹿腰子放在地上，磨磨蹭蹭地走开去。他真担心自己会跌倒，或者马上当众呕吐起来。他脸色苍白，额上冒着发粘的冷汗，在火堆旁边走过。火堆烧得正旺，热腾腾的蒸汽从锅子里一团团地冒出来。在火堆边，不幸的莫蒙爷爷背着大家，脸向着火，仍旧坐在那里。小孩没有惊动爷爷。他想快一些跑到被窝里去躺下，把头蒙起来。什么也不要看见，什么也不要听见，他要忘掉一切。

迎面碰到了别盖依姨妈。尽管浓妆艳抹，脸上仍留着阿洛斯古尔拷打过的青紫伤痕，身子瘦得要命，但又不适当地显得很快乐。今天，她为了“大肉宴”忙忙碌碌，奔来奔去。

“你怎么啦？”她叫住了小孩。

“我头痛。”

“啊呀，我亲爱的病人。”她说，忽然感情冲动，拼命地吻起他来。

她也喝醉了。身上发出了讨厌的酒味儿。

“你头痛，”她亲热地、含糊不清地说，“我的亲爱的，你大概想吃东西吧？”

“不，不想吃。我想睡觉。”

“那么走吧，走吧，我来扶你躺下。不过，你干吗孤零零地一个人去睡觉呢？客人和我们自己的人，大伙儿都要上我家里去。肉已经烧好了。”于是她把他拖走了。当他们重又经过火堆的时候，阿洛斯古尔从板棚里出现了，满头是汗，脸孔通红，就像红肿的乳头一样。他得意洋洋地把劈下来的鹿角丢在莫蒙爷爷身边。老头吓得跳了起来。

阿洛斯古尔不看他一眼，提起一桶水，把水桶朝自己直倒过来，一边喝，一边冲洗着身子。

“你现在可以死啦！”他对老头说了这么一句，就又俯身去提水桶。小孩听见爷爷轻轻地说：

“谢谢，孩子，谢谢。现在死也不可怕了。当然啦，这是给我的荣誉和尊敬，可以说……”

“我要回家去了。”小孩忍不住说，他感到浑身软绵绵的。别盖依姨妈不让他走。

“你在那边一个人，多没意思。”她硬把他领进了她的屋子，让他睡在角落里一张床上。

在阿洛斯古尔的屋子里，一切都已为吃喝准备好了。煮的煮好了，炒的炒好了。所有这一切都是奶奶和古利江玛兴高采烈地做的。而别盖依姨妈则在屋里和院子的火堆之间奔走。阿洛斯古尔和黝黑结实的柯凯塔依斜靠在彩色被头上，肘下垫着枕头，喝着茶，等着吃大肉宴。他们不知怎么一下子都摆起架子来，把自己当作公爵似的。谢大赫玛脱给他们斟茶。

小孩静静地躺在角落里，又拘束，又紧张。他又发冷了。他想起来走开，但担心自己一下床就会呕吐。因此，他竭力忍住哽在喉咙里的一团东西，不敢动弹。

过了一会，女人们把谢大赫玛脱叫到院子里，接着他就拿着一大盆堆得像山一样高、冒着热气的肉出现在门口。他费力地把这盆东西拿了进来，放在阿洛斯古尔和柯凯塔依两人中间。女人们跟在他后面也拿来了其他各种食物。

大家开始就座，准备好刀和碟子。谢大赫玛脱这时用茶杯给大家斟伏特加酒。

“我来做伏特加的指挥员。”他哈哈大笑，向着角落里的酒瓶点点头。

最后来的是莫蒙爷爷。老头今天的样子比平时还要古怪和可怜。太可怜了！他想随便在边上挤一下，但是黝黑结实的柯凯塔依慷慨地请他坐在自己旁边。

“到这边来，老人家。”

“谢谢。我在这儿吧，我们是在自己家里。”爷爷试图拒绝。

“但毕竟是您年纪最大，”柯凯塔依坚持着，并且让他坐在自己和谢大赫玛脱之间。“喝一杯，老人家。为了您的这样一次成功，该您第一个发言。”

莫蒙爷爷迟疑地干咳了几声。

“为了这座房子里的和平，”他勉强地说，“哪儿有和平，哪儿就有幸福，我的孩子们。”

“对！对！”大家都附和着，把酒倒向嘴里。

“您怎么不喝？不，这可不行！您祝女婿和女儿幸福，自己却不喝？”柯凯塔依责备发窘的莫蒙爷爷。

“好，既然是为了幸福，我有什么。”老头急忙说。使大家惊奇的是他把几乎满满的一杯伏特加一饮而尽。他的头发昏了，开始摇晃起来。

“这才对！”

“我们的老头不能同别人家的老头比。”

“你们的老头是好样的！”

大家都笑了，大家都满意，大家都夸奖爷爷。

屋子里闷热起来。小孩在难熬的痛苦中躺着，他一直感到头昏。他闭起眼睛躺着，但听得见醉汉们在吃长角鹿母的肉时咂嘴的声音、咀嚼的声音、喘气的声音，听得见他们把好吃的东西让来让去，用油污的杯子互相碰杯，把啃光了的骨头丢进碗里。

“这不是肉，这简直是美味！”柯凯塔依啧啧赞道。

“怎么，难道我们是傻子吗，住在山里竟不吃这种肉？”阿洛斯古尔说。

“对，我们就是为了这个才住在山里。”谢大赫玛脱应道。

大家都赞扬长角鹿母的肉。奶奶，别盖依姨妈，古利江玛，甚至莫蒙爷爷。他们也用碟子给小孩送来了肉和其他食物，但他拒绝了。喝醉了的人们看见他身体不好，也就随他去。

小孩咬紧牙齿躺着，他感到这样比较易于忍住恶心，可是更使他痛苦的是他感到自己的无能，对这些打死长角鹿母的人毫无办法。他在孩子气的、正义的愤怒中，在绝望中，想着种种报仇的办法——怎样才能惩罚他们，使他们懂得他们犯了多么可怕的罪行。可是除了想象叫库鲁别克来帮忙之外，他再也不能想出更好的办法来了。是的，叫那个穿着水兵制服的、在那个暴风雪的夜里和许多年轻司机一起来装干草的小伙子来。这是所有他所知道的人中间唯一能够制服阿洛斯古尔、并且当面告诉他全部真理的人。

库鲁别克接到他的召唤一定会乘着卡车飞驰而来，横挎着冲锋枪跳出驾驶室："他们在哪儿？""在那儿！"两人一起奔向阿洛斯古尔的房子，冲开了门。"不许动！把手举起来！"库鲁别克摆动冲锋枪，从门口威严地命令着。所有的人都吓得魂不附体，一个个僵住在原来坐着的地方。肉在他们的喉咙里哽住了。他们吃饱了，喝醉了，脸上是油，嘴上也是油，油腻的手里还拿着骨头，楞在那儿一动也不能动。

"快，站起来，畜生！"库鲁别克把冲锋枪顶住阿洛斯古尔的太阳穴，阿洛斯古尔浑身发抖，扑倒在库鲁别克的脚下，结结巴巴地说："饶……饶了我吧，别……别打死我！"可是库鲁别克是哀求不动的："出去，畜生！你完啦！"他在阿洛斯古尔肥胖的屁股上重重地踢了一脚，迫使他起来走出屋子。所有在场的人都吓坏了，一言不发地跟着走到了院子里。

"快去靠墙壁站着！"库鲁别克命令阿洛斯古尔。"由于你打死了长角鹿母，由于你砍断了它用来挂摇篮的角，判你死刑！"阿洛斯古尔跌倒在尘土里，爬着、嚎叫着、呻吟着："别打死我，我连孩子也没有。我在世界上只有一个人。我既没儿子，也没女儿……"

他平时那种霸道样子到哪儿去了？可怜的、微不足道的胆小鬼！这种人甚至根本不值得打死。

"好，我们就不打死他，"小孩对库鲁别克说，"可是要叫这个人离开这里，永远不准回来。这里不需要他。让他滚！"

身体肥胖、脸皮松弛的阿洛斯古尔站起来，拉了拉下垂的裤子，头也不敢抬一下，就急忙溜掉了。可是库鲁别克忽又叫住了他："站住！我们要对你说最后的一句话。你永远不会有孩子。你是个凶恶的、没出息的人。这儿谁也不喜欢你。森林不喜欢你，每一棵树，甚至每一棵草都不喜欢你。你是法西斯。去吧，永远别回来。滚，快滚！”阿洛斯古尔头也不回地跑了。“当心！当心！”库鲁别克在他后面哈哈大笑，还向空中开了一枪吓唬他。

小孩欢天喜地，高兴得很。当阿洛斯古尔看不见了的时候，库鲁别克对所有其他面带愧色站在门口的人说：“你们怎么能跟这种人一起生活？你们真不知道害臊！”

这时小孩感到轻松得多了。正义的审判完成了。他是那样地相信自己的幻想，以致忘记了他躺在什么地方，人们正在阿洛斯古尔家里酗酒。

一阵突然爆发的笑声把他从幸福的境界中拉了回来。小孩睁开了眼睛，开始倾听。莫蒙爷爷不在房间里，他大概走到什么地方去了。女人们在收拾碗盏，准备送上茶来。谢大赫玛脱大声地说着什么。人们听着他的话大笑着。

“后来怎么样呢？”

“你说呀！”

“不，听我说，你讲，你再重讲一遍，”阿洛斯古尔一面要求着，一面拼命地笑，“你是怎样对他说的？你是怎样吓唬他的？喔唷，真把人笑死了！”

“喏，就是这样，”谢大赫玛脱很乐意重新再讲一遍已经讲过的故事，“我们走近鹿，鹿就站在森林的边上，三只鹿都在。我们刚把马系在树上，老头忽然拉住我的手，他说：‘我们可不能开枪打鹿。我们都是布古人，是长角鹿母的孩子！’他还像小孩一样看着我，用眼睛求我。而我呢，简直要笑得透不过气来了。可是我不笑。相反，我十分严肃地说：‘你怎么着，想去坐牢吗？’‘不，’他说。‘你知道，这是财主老爷们的神话，是在黑暗的年代里财主老爷们想出来吓唬穷人的！’他当时就张大了嘴巴：‘你说什么？’‘我说的就是这个，你快别再说这种鬼话了，否则我可不管你年纪老不老，我要写信去告你。’”

“哈哈哈。”坐着的人一齐大笑起来。阿洛斯古尔笑得比谁都响。他笑得真是得意。

“就这样，我们悄悄地走了过去。换了别的野兽，早就跑得影子也不见了，而这些奇笨无比的鹿却不跑，好像不怕我们。好呀，我想，这样更好。”喝醉了的谢大赫玛脱讲着、吹着，“我拿着枪走在前面，老头在后面，这时我忽然犹豫起来。我一生中连一只麻雀也没打下来过，而现在如果一枪打不中，它们立刻就会跑进林子里，那时你倒再去找找看，你倒去追追它们看。它们早就翻过山跑了。谁愿意把这样的野味放走呢？而我们的老头是个猎手，曾经猎过熊。我就对他说：老头，给你枪，你打吧。

他变成了一条鱼。尾巴、身体、鳍——都是鱼的，只有头仍旧是自己的，他在寂静的、黑暗的、清凉的水底游了起来……

他怎么也不肯。他说，你自己打。我就说，你没看见我醉了吗？我就跌跌撞撞起来，仿佛站也站不稳似的。他看到过我把木头从河里拖出来后跟你们一起喝过一瓶酒的。所以我就装模作样了。”

“哈哈哈……”

“我说：我打不中，鹿就会跑掉，第二次不会再来。而我们是不能空手回去的。你自己知道。要不，你自己看吧。派我们到这儿来是为了什么？他不声响，但也不拿枪。我就说：好吧，随你的便。我把枪一丢，做出要走的样子。他跟着我。我对他说，我是无所谓的，阿洛斯古尔如果要赶我走，我就到国营农场去工作，而你这么大年纪能到哪里去？他不声响。于是我就故意轻轻地唱起歌来：

我骑着火红色的马，

从那火红色的、火红色的山上下来了，喂，火红色的商人，开开门……”

“哈哈哈……”

“他相信我是真的喝醉了。就去拿枪。我也走了过去。当我们说话时，鹿稍微走远了一些。我说，好，你看，等它们走掉了，你就追不上了。趁它们还没被吓跑，快开枪吧。老头拿起了枪，我们偷偷地走过去。他一直在低声地说话，像白痴一样：‘原谅我，长角鹿母，原谅我……’而我说我的：‘当心，如果打不中，你就和鹿一起逃到随便什么地方去吧，最好就别回去了。’”

“哈哈哈……”

在污浊的酒气和发狂的笑声中，小孩感到越来越热，越来越闷了，头胀痛得像要裂开一样。他觉得，有人在用脚踢他的头，有人在用斧头劈他的头，有人在用斧头对准他的眼睛。他摇晃着脑袋，竭力想躲开。他热得浑身无力，忽然又像落进了一条冰冷冰冷的河里，他变成了一条鱼。尾巴、身体、鳍——都是鱼的，只有头仍旧是自己的，而且仍旧痛。他在寂静的、黑暗的、清凉的水底游了起来，并且想，他要永远做一条鱼，再也不回到山里去了。“我不回去了，”他对自己说，“还是做鱼好，还是做鱼好……”

谁也没有注意到，小孩从床上爬下来走出了屋子。他刚刚走到一个角落里，就开始呕吐起来。小孩扶住墙壁呻吟着、哭着，同时含着眼泪抽抽噎噎地、含糊不清地说：

“不，我还是变成鱼好。我要从这个地方游走。我还是变成鱼好！”

在阿洛斯古尔的房子里，醉鬼们狂笑着，尖叫着。这野蛮的笑声更使小孩头脑发昏，带给他难以忍受的疼痛和折磨。他觉得，他就是因为听到这非人的笑声才难过的。他缓了一口气，就顺着院子走去。院子里空无一人，在已经熄灭的火堆旁边，孩子碰到了醉得像死人一样的莫蒙爷爷身上。老头躺在尘土里，和长角鹿母的被砍下来的角在一起。旁边一只狗在啃着鹿头的碎片。再也没有别人。

小孩继续向前走去。走到河边，迈步跨进了水里。他不顾滑跌，急急忙忙地在浅滩上奔跑着，被冰冷的水冻得发抖。到了水深流急的地方，他被冲倒了。他在激流中挣扎着，顺水流去，逐渐闭住了气，冻僵了。

他在河里游着，一会儿脸向上，一会儿脸向下，一会儿被挡在石头旁，一会儿在急流中飞驰。

谁也不知道，小孩像鱼一样在河里游走了。在院子里传出了醉鬼的歌声：

我骑着驼背的骆驼，
从那驼背的、驼背的山上下来了。
喂，驼背的商人，开开门，
让我们一起喝杯苦酒……

你已经听不见这支歌。你游走了，我的小兄弟，游到小孩继续向前走去。走到河边，迈步跨进了水里。他不顾滑跌，急急忙忙地在浅滩上奔跑着，被冰冷的水冻得发抖。

自己的童话中去了。你是否知道，你永远不会变成鱼，永远游不到伊塞克库尔，看不到白轮船，不能对它说："你好，白轮船，这是我！"

你游走了。

我现在只能够说一点——你否定了你那孩子的灵魂不能与之和解的东西。而这一点就是我的安慰。你生活过了，像亮了一下就熄灭的闪电。闪电在天空中划过，而天空是永恒的。这也是我的安慰。我的安慰还在于：在人的身上有孩子的良心，就好像种子里有胚胎一样，一没有胚胎，种子是不能生长的。不管世界上有什么在等待我们，只要有人出生和死去，真理将永远存在……

孩子，在和你告别的时候，我要重复你的话："你好，白轮船，这是我！"

独角兽文库

小说以优美的自然环境为背景，构建了一个类似于人类社会的兔子王国，它们拥有自己的文化、语言、等级制度。小说影射了人们对强权与独裁的痛恶，讴歌了智慧、勇敢等优秀品质，表现了人们对自由与和平的向往。

与奥威尔《动物农场》齐名的经典作品。荣获卡内基文学奖、《卫报》文学奖。

26世纪的大一统国，人们高度一致，没有姓名，只有编号。政治警察无处不在，幸福与自由不能兼容。扎米亚金精确地预知了人类的未来、国家的未来，甚至宇宙的未来……

反乌托邦三部曲开山之作，直接影响《1984》《美丽新世界》的源头作品。收录奥威尔无删节版序言，万字长文全方位导读。

独角兽文库

《1984》是一部杰出的政治寓言小说，描述的是对极权主义恶性发展的预言——人性遭到扼杀、自由遭到剥夺、思想受到钳制。最可怕的是：人性已堕落到不分是非善恶的程度。

《动物农场》被公认为二十世纪最杰出的政治寓言。动物们赶走人类建立起一个自己的家园，却仍摆脱不了悲惨的境遇……

乔治·奥威尔两部传世之作。
《时代周刊》百部经典小说。

作者为我们描绘了虚构的福特纪元632年，一个人从出生到死亡都受控制的社会，一个人们失去情感、失去爱情，失去思考的权利，甚至失去创造力的社会。

二十世纪最经典的反乌托邦文学作品。与乔治·奥威尔《1984》、扎米亚金《我们》并称为“反乌托邦”三部曲，在国内外思想界影响深远。

独角兽文库

17年的经历，31年的怀念，成就了一部关于非洲的史诗。作品是卡伦·布里克森的一部自传小说，描绘了1914年至1931年“我”在非洲经营咖啡农场的生活，反映了非洲自然景色和风土人情。字里行间流露着对非洲这块热土及其繁衍生息的人民纯真热爱。

《瓦尔登湖》一样的传世经典。两次获诺贝尔文学奖提名，同名电影获七项奥斯卡大奖。

他热爱莫蒙爷爷，莫蒙爷爷讲给他听的长角鹿母的故事深深地印在他脑海中。尽管他看到了姨夫阿洛斯古尔所干的罪恶，也恨他，但实际上，他是毫无办法的。他心中最纯洁最美好的东西坍塌了，破灭了，他选择了离开这个丑恶的世界，变成一条鱼去寻找另一个美好的事物——白轮船！

《平凡的世界》最推崇的经典。揭示人与自然、善与恶的重大社会问题。